古琴遗韵

黄兵乐府诗歌集

黄兵 著

陕西新华出版传媒集团

太白文艺出版社

图书在版编目（CIP）数据

古风遗韵：黄兵乐府诗歌集 / 黄兵著. — 西安：太白文艺出版社，2021.12
ISBN 978-7-5513-2061-0

Ⅰ. ①古… Ⅱ. ①黄… Ⅲ. ①诗集－中国－当代 Ⅳ. ①I227

中国版本图书馆CIP数据核字(2021)第216361号

古风遗韵：黄兵乐府诗歌集
GUFENG YIYUN：HUANGBING YUEFU SHIGEJI

作　　者　黄　兵
责任编辑　葛晓帅
整体设计　建明文化
出版发行　陕西新华出版传媒集团
　　　　　太 白 文 艺 出 版 社
经　　销　新华书店
印　　刷　廊坊市印艺阁数字科技有限公司
开　　本　880mm×1230mm　1/32
字　　数　100千字
印　　张　6.75
版　　次　2021年12月第1版
印　　次　2021年12月第1次印刷
书　　号　ISBN 978-7-5513-2061-0
定　　价　38.00元

联系电话：029-81206800
出版社地址：西安市曲江新区登高路1388号（邮编：710061）
营销中心电话：029-87277748　029-87217872

序言

汉代乐府诗是中华诗歌文化中的一块瑰宝。其中诸多名篇如《饮马长城窟行》《孔雀东南飞》等流传至今经久不衰。汉以后，更有许多诗人或依古题、或拟新题写乐府诗，使乐府诗的意义和范围都有了更深更广的拓展。到了唐代，以李白、白居易为代表的一大批诗人，写了大量的乐府篇章，更是将乐府诗发扬光大到了极致。然而，随着宋词的兴起和格律诗的盛行，乐府诗对诗坛的影响力越来越小。

因为很偶然的原因，我涉足诗坛，创作了《黄山咏怀八十二首》，也因此与古体诗有了亲密接触。写到后来，我发现我所选择的诗歌体例，与古乐府诗有着诸多相通之处。等到我认真通读郭茂倩编著的《乐府诗集》后，对乐府诗有了全面的认识和了解，更加希望越来越多的现代人重新认识到乐府诗的价值。因此，我希望用自己的诗歌创作实践，来让现代人重新关注乐府诗。同时，乐府诗也需要随着时代的进步而不断丰富和完善它的内涵——本书中，我也做出了这样的尝试。希望我的这种尝试，会被广大读者认为是一种开拓性的创新之举，而非野蛮的破坏之举。

本书收录了我近六年来创作的以当代社会为背景的古风体诗歌三百余首。之所以将其冠以"乐府诗"之名，是因为我在创作时，师法乐府诗，力求诗歌语言简洁质朴、情感真挚动人、意境疏旷放达，努力还原中国古典乐府诗歌之神韵。其中既有吟风弄月的闲情逸趣，花草树木、四季交替令人心醉的叹惋；又有游历四方的超拔豪迈，天南海北、故土新乡令人流连忘返；更有洞彻世事的深邃幽思，思古抚今、与时俱进的情怀。在"乐府古题"这一章节中，我今文古用、今意古体，着力体现对乐府诗的继承和开拓创新精神。

一直以来，面对着浩瀚博大的中国古典诗歌宝库，我有着深深的敬畏，生怕亵渎了古典诗歌之名。但最近几年中央电视台很火的一个诗词文化音乐节目《经典咏流传》的播出，给了我很大的勇气。无论是陈彼得老先生演唱的《青玉案·元夕》《成都府》，凤凰传奇演唱的《将进酒》，还是赵照演唱的《茅屋为秋风所破歌》都堪称经典中的经典。这些诗歌虽然失去了其原有的曲谱，但由现代人重新谱曲以后，依然是那么迷人，其全新的面貌也获得了诗歌专业人士与广大观众的认可！既然古典诗歌可以用现代的方式来重新演绎并大获成功，那古老的乐府诗为什么不能用现代的内容与语言来丰富它，赋予它创新的动力呢？

以我浅薄的认知来说，乐府诗的没落，虽然说可能是因为曲谱的佚失，而使原来是唱的"诗"变成了"徒歌"，但更大可能是因为中国诗歌理论的逐步完善而导致的。后人学写诗，先学声韵、格律等理论知识，无形中将自己套进了文字的枷锁中。而乐府诗不太遵守后人所制定的种种写诗规则。"襞积细微，专相陵架。故使文多拘忌，伤其真美。余谓文制，本须讽读，不可蹇碍，但令清浊通流，口吻调利，斯为足矣。至平、上、去、入，则余病未能；蜂腰、鹤膝，闾里已具。"钟嵘《诗品》中的论述，我是深深赞同的。所以有许多次我都想认认真真去学一学声律等理论知识，但最后都放弃了。我生怕学习诗歌理论多了之后，就会失去了写诗的勇气，觉得自己再怎么努力，也难以达到古人对于诗歌格律尽善尽美的要求。故而本书在创作时，在韵律上基本遵循中华新韵的要求，同时适当结合现代汉语拼音，以宽济严。主要是在内容上做出创新，将大量的现代文化、风景、风俗、语言习惯等元素融入进去。

因本人学识水平所限，本书不足之处，欢迎有识之士批评指正。

黄　兵

2021.7.12

目录

CONTENTS

四时侵摧动人心

冶游思乡总关情

世事悠悠欲洞明

乐府旧题

四时侵摧动人心

岭上蜡梅花开（二首）

一

孤山意未穷，岭上自玲珑。

光鉴松枝老，色染夕阳红。

萼从枯枝发，香引寒云从。

相知唯松柏，相伴有苍穹。

二

云中雪雁纷纷落，岭上一段相思木。

相逢酬以冰作酒，相和且引风急呼。

沉香涌动山岳惊，金萼冲冠红颜妒。

寒岭欲迎故人处，枝头已绽莲花步。

迎春花（二首）

一

风抚绿，水映黄，谁家女儿新梳妆？

暗吐芳岚噙烟雨，鬟缀黄玉鸣叮当。

南湖临窗水为镜，北岸草坡为绣床。

轻舒腰，细枝长，微微两朵候刘郎[①]。

几时花发几时春，几时花满谢春光。

二

金丝线，绿丝线，绣起春容千千面。

偏偏风雨阻相见，见时已是花艳艳。

不堪樱粉敷红颜，怎敌桃花满芳甸。

倚朱栏，垂绣帘，拂来东风南飞燕。

一湖春水绿又长，三两莺声飞还断。

---

① 刘禹锡《再游玄都观》："百亩庭中半是苔，桃花净尽菜花开。种桃道士归何处，前度刘郎今又来。"

梅花歌

一树浅，一树浓，浅浅梅花淡淡红。

佳人玉姿别寒圃，疏风细雨弄芙蓉。

一带石桥环碧水，半亩芳树筑香笼。

玉脂沁寒片片冰，残雪抱蕊丝丝融。

天低云重久无晴，幽芳暗付流水中。

我有罗浮①梦未定，夜听春阑声似虫。

古有以梅为妻②者，不爱素月挂长空。

丹心做伴胭脂血，氤氲尽染乐终穷。

来如尾生抱柱③约，粲然五色飞霓虹。

西洲咽含轻烟绿，云山吞吐万蕊红。

老枝新枝俱回春，浒山④云树馈苍穹。

我从四十始知梅，已抛热血与衷肠。

---

① 罗浮山，位于岭南中南部，为中国道教名山，相传秦汉时神仙安期生、东晋时葛洪均曾入此山修道炼丹。

② 宋人林逋隐居西湖孤山，以梅为妻，以鹤为子，时人称之"梅妻鹤子"。

③ 《庄子·道跖》中载，尾生与一女子约定桥下相会。尾生久候女子不至，水涨，尾生抱柱而死。后以此喻坚守信约。

④ 浒山，位于无锡太湖之北，无锡梅园即位于此山南坡。

妍媸愧对点梅妆^①，愁看白发垂两旁。

手抚绿绮琴中曲，曲中宛转诗千行。

唯向薛涛笺^②里去，点点梅花点点香。

樱花曲

青云山下红粉妆，芙蓉湖边玉欺霜。

琼枝轻扫浮尘净，天清夜落明月光。

未曾屈身事陋巷，且夕更须计短长。

邻家阿姐黄花谢，隔壁小姑是海棠。

谁家女子恁轻狂，香云十里唤情郎。

---

① 梅花妆，又称落梅妆，盛行于南北朝时，指女子在额上贴一梅花形的花子妆饰。

② 晚唐女诗人薛涛，寄寓成都，自制了一种深红色的小彩笺纸，用来写诗，时人谓之"薛涛笺"。

菜花黄

菜花黄，绕向南山绣画廊。

上接青天明日光，下通阡陌布八荒。

天地以我为香阵，彤云西风安能当！

菜花黄，樱桃纷纷柳眉长。

田间翁妪荷锄忙，黄花殷勤慰秋霜。

咏油菜花

锞锞^①黄金压飞尘，猎猎旒旌^②闻战声。

不待九月新菊开，已夺天下予赤城^③。

---

① 锞（kè），旧时做货币用的小块的金锭或银锭。

② 旒旌（liú jīng），亦作"旒旍"。有垂旒的旌旗。

③ 战国时齐人邹衍称华夏之地为"赤县神州"。

油菜花歌

东海虞渊①收覆水，西川玄冰挂天河。

千珠万滴同灌溉，换来赤县黄花歌。

黄花纵横十万里，当得花中女娇娥。

淋漓漫丘铺锦泥，萦绕浮山踏凌波。

南下洞庭苗家寨，西侵巫山鱼凫国②。

九江甘为裙下客，西京愿作马前坡。

小虫簪缨窃窃喜，飞来绕去无休止。

合酒不输菊花露，合香未必逊白芷。

苦恨天下纨绔子，不爱种田爱操戈。

贾生③尝作积贮论，至死未睹花满郭。

陶朱④贸丝千千万，不及黄花一牛车！

---

① 虞渊：古代神话传说中日落的地方。

② 鱼凫国：见李白《蜀道难》，为川中一古国名。

③ 贾谊：西汉初著名政论家，著有《论积贮疏》，阐述治国方略。

④ 陶朱公：范蠡助越复国后即隐退，传其后以经商为生，终成一方巨贾，号陶朱公。

桐花吟（三首）

一

三里复五里，朵朵压枝低。
邀君看桐花，十里皆如一。

二

与君赏桐花，桐花大如斗。
贮得清风在，还酿桐花酒。

三

何处桐花好？旖旎古河堤。
征帆不忍去，绿波绕不息。

络石藤^①行歌（三首）

一

绿树斜阳五月天，青峦明灭暗生烟。

似有凝香需静心，似无芳踪已近前。

细丝绿绦穿针线，白花素手织锦棉。

曲意蛰伏栖灌丛，盘旋高树走蜿蜒。

碧稠枝茂亲无间，妖娆妩媚若林仙。

龙姿蛇行几人见，我所思兮在南山。

托身济世依雄干，遮风避雨仰石坚。

红尘相识逾千万，知我心者夜难眠。

二

龙头岗上藤缠树，堆砌绿墙飞玉瀑。

欲辨何物素所缠，只见藤来又藤去。

石魄灵源生玉筋，木华翡翠布幽谷。

藤上白花两三朵，五叶风轮迎旧故。

---

① 络石藤，生于山野林间的常绿木质藤本植物，每年4月份开白色小花，芳香馥郁。

簇簇蓓蕾似游鱼，翘首吞光饮朝露。

日暖缕缕升香薰，岁末频频乱思绪。

樟岚槐玉花簌簌，魂与尔共清幽处。

上山只为花香来，下山亦为花香去。

思之深兮念之切，梦里凝香又几度。

三

龙头岗上络石藤，一岁荣枯一岁春。

不以藤微卑野志，不以花狭羞见人。

身是昆仑绿如意，魂是月中谪仙人。

朝拾金光胶蕊柱，夜沾琼露点绛唇。

芳能引得鹓鸰鸟①，藤能屈身事乾坤。

一顾犹是绿遮粉，再顾已是花满岑。

绿树盈盈春光好，花下行人亦纷纷。

何人识得藤上花，何人顾得花后尘？

花下欣逢知己在，此时夜色已沉沉。

东山明月高挂起，斯人欲去留芳魂。

揽月茗香清风吟，愿听几人是几人。

---

① 鹓鸰鸟，传说中与鸾凤同类的鸟。

再吟络石藤

以蒲柳之弱质，独栖身于山岗。

抱大石以安枕，扶苍松而远望。

风飒飒乎微澜，云蒸蒸乎其上。

赖天地之伟力，发微末之毫光。

惜春秋兮无形，唯黯然而芬芳。

咏香樟花

东风自尔别，南风迎入家。

四月樟花起，处处簪落花。

幽幽染香氛，粒粒无光华。

浑然同树色，焉敢称奇葩。

独爱此间意，淡然若天涯。

君心重古朴，素琴何以发？

脱剑弃横行，蹀躞香樟下。

菖蒲歌

菖蒲生就三尺长，青剑含光碧水央。

锋铦芒锐割日月，风拭雨淬动八方。

屈子含悲赴湘水，利剑铮铮剖心肠。

恨不斩尽奸人头，世人为其佩青钉。

崂山道士擅作法，三牲六畜摆香堂。

追风蹑影急如电，执剑五步斩佞妄。

今人拜金不拜鬼，神术一朝黯然藏。

虚垂门楣无颜色，小儿执我竹马杖。

青衣潦倒市井间，高人名器相顾伤。

槐花落

槐花落尽春日消，辗转成泥和雨潮。
如何一首白头吟，便引今春去他朝！

海桐花

玉脂凝香邀明月，花树丛丛绕蝴蝶。
此生难为栋梁木，亦有春光不忍别。

游贡湖湾吟芦苇

青青湖边苇，绵绵蔓琼林。

巨泽广我貌，春水漾我裙。

浴波濯翠羽，倚路舒弦琴。

撼世泯洪波，吹葭谢殷勤。

百禽爱芳洲，欣欣丽其音。

飞燕集茅上，鱼龙忽失群。

浩浩云梦泽，何人共倾心？

折茎思横渡①，纫席②坐论今。

摘叶吹新曲，悠悠见子衿③。

---

① 据传达摩祖师行走南北，宣扬佛法。面对长江天险，采下一根芦苇立于其上，飘然过江。

② 席子是古人常用的坐具，并因此制定了相关的礼仪制度。"席地而坐"这一成语即来源于此。

③ 《诗经·郑风·子衿》："青青子衿，悠悠我心。"《毛传注疏》："青衿，青领也。学子之所服。"后因称学子、生员为"子衿"。

题长江窑港口湿地芦苇

万千笋矛破泥壁，一川洪流泻淋漓。

混入大泽同芳草，谪居潇湘舞青衣。

芷兰薰香焉足道，叠影轻扬谁堪依？

春林霏霏起烟霭，无数鸥鹭飞高低。

逐波纵横江左岸，鱼龙幻化终有时。

我见此地荒且僻，蒹葭苍苍人影稀。

田蛙鼓腹轰雷鸣，蠓虫振羽声嘶嘶。

听罢海潮东流去，且将风云落西岐。

他日秋霜夺郁色，白发萧萧遮长堤。

栀子花

晴雨后，芬芳在，不知白花谁人戴。

身在黄杨女贞①里，心向朝阳弄花海。

一枝花开百丈香，惹得六月招人爱。

花似玉兰静姝姿，芳有霸王豪气概。

梅雨时节访荷

雨云重，梅雨时，更持玉盘盛珠玑。

勿轻许，故人迟，红花幽然绽几枝。

碧波起，腰肢细，款款欲同我相嬉。

心念之，心念之，难怪藕中结作丝。

---

① 黄杨树与女贞树，为灌木或乔木类树种，常作为行道树，种植于绿化隔离带当中。

咏夹竹桃

赤日银花彼消长，灿锦嫣红砌如墙。

云霞漫漫胜春丽，偏无柳莺飞短长。

闲花歌

七月七日西山冈，闲花一树争短长。

青冠稍缀白眊①珠，绿涛翻覆点点香。

似豪杰之鬓发，染微微之秋霜；

若流星之溅沫，遗幽幽之毫光。

鲲鹏哂之似蜩鸠②，鲸鲨吞之当鱼粮。

入目浅兮难称艳，离瞳宽兮不觉伤。

何不早来三春里，寻梅踏樱赶海棠。

何不且待九月菊，花月徘徊黄金觞。

王事靡靡心有期，赏花未必能趁时。

我来看花无人在，我与此花心戚戚。

濠梁之上知鱼乐③，西山之巅花姑惑。

忙时哪顾花千朵，闲时不忍花落魄。

仆夫碌碌皆飞萤，青史从无布衣名。

---

① 眊（mào），用眼睛仔细看都看得不太清楚的白色的珠子。

② 《庄子·逍遥游》中，用鲲鹏、蜩鸠从大与小的不同视角阐述了不同的逍遥观。

③ "子非鱼，安知鱼之乐""子非我，安知我不知鱼之乐"，来自《庄子·秋水》。

偶来偷闲欲洞烛，山野江风笑清贫。

自小与花两无猜，骑马著花娶新娘。

金钱草穿紫璎珞，苦楝树下贴花黄。

相生相伴长相濡，倾心对花诉衷肠。

花问我从何处来，我思花将何时亡！

上鹅山见紫茉莉花开有感

山巅墙角紫茉莉，半开未开七月里。

青丛浅藏粉与紫，石径落落少人迹。

花有留春惜放心，人欲绸缪图远志。

奈何明日多风雨，日暮途穷力何惜！

观花渐怀春日思，今春已随水东逝。

藤牵衣袂难离舍，一宵之后尽为泥。

悲即悲者不复见，情动情者何以遗？

接舆楚狂①山水客，散漫林歌不知意。

---

① 陆通，字接舆，春秋时楚国人，因不满楚昭王的政令，而散发佯狂，浪迹于江河山川。

桂花歌（二首）

一

吴中桂子香且芬，九月开作黄金尘。

碧海潮生青天镜，叶底花藏无限春。

玉蚁团团抱枝头，月蚕沙沙噬乾坤。

荆襄万里芙蓉客，岭南千载落梅魂。

西洲芳甸曳横波，东陂庾岭卧高岑。

何如木樨①遇三秋，幻化十里皆黄昏。

白鼍夜鸣②浮大江，玉兔清墟捣沉沦。

亘古长随姮娥影，解得寂寞下昆仑。

汉有方士③能通幽，隔帘遥致李夫人④。

---

① 木樨树，即桂花树。

② 《乐府诗集·杂谣歌辞》中，载有一首张籍的《白鼍鸣》："天欲雨，有东风，南豀白鼍鸣窟中。六月人家井无水，夜闻鼍声人尽起。"此处指大江可能会因白鼍夜鸣带来的大雨显得更加壮阔。

③ 方士，即方技之士与数术之士。

④ 李夫人，即西汉音乐家李延年、贰师将军李广利的妹妹，汉武帝的宠妃。相传其去世后，汉武帝思念不已，命方士作法招来其魂魄，隔帘与其相会。

一颦一笑何处似？兰麝依稀细縠纹。

楚有巫者善祷讴，娉婷袅袅忽降神。

微光落落目穷处，碧泽盈盈景林深。

或有黄犬逐鸡儿，落英纷纷入荒村。

封入缸中无穷意，留待他日共举樽。

二

翡翠羽，黄金冠，靡靡霏霏何漫漫！

下合白霜染珠帘，上承玉露盈霄汉。

万树香岚纷纷霰，千古悠悠思欲断！

一夕欲暖蓉城月，吴江水寒南飞雁。

晨遇拾桂者

今年拾桂者，有妪头发白。

香氛无所施，珠花无所戴。

挎篮采金玉，举手捋米苔。

花瘦犹可存，枝满引伤害。

青叶纷纷扰，晨光亦徘徊。

秋霜明己心，桂熟落尘埃。

草长灰飞尽，豚犬肥时宰。

唯此美好物，摘去徒伤怀。

秋云歌

云来牛头傍马头，云去天湖碧幽幽。

宛马纵横沉渊薮，姑臧^①君王胡不收？

---

① 姑臧，今甘肃省武威市凉州区，为汉代武威郡首县，凉州城古称。

立秋日晚上黄山偶记

空云一行雁，晚松几缕风。
虫声新戚戚，乱入草丛中。

重阳节偶记

一

塞外雄风万里强，虚空一掷到重阳。
莫向洞庭风波恶，吹落桐叶桂花香。

二

梦里依稀身似飞，千军万马两鬓催。
聊作少年拼热血，不到重阳心不悲。

秋日良辰吟（八首）

一

良辰如美酒，欢欣入肠中。

长吟芳洲曲，酣然如赤松^①。

二

良辰欢所爱，所爱何其多！

莎鸡^②鸣阶下，丹桂染星河。

三

赠君一轮月，报我三世秋。

蟾宫生玉露，万里系兰舟。

四

城春花万朵，子夜月独明。

---

① 赤松子，古代传说中的修真得道之人。

② 莎鸡，即纺织娘。

良辰最忆处，还是爱晚亭。

五

啜波明月里，举帆渡潇湘。
良辰趁清风，缥缈上太行。

六

跃马北门外，嗨嗨归故乡。
故乡多变迁，良辰何所欢？

七

日日觉侹偬，年年度霜风。
莫非良辰里，往事已空空？

八

舜山种五柳，禹井饮菊翁。

屡屡思子房①，莫从黄石公。

红枫情

红枫不知其美足可乱天下！

褒姒倾周，越女覆吴，红颜偶尔换乾坤。

何如万山皆染赤，岁岁燎燃秋作春！

栖霞岭下水镏金，香炉峰前红镀云。

火凤翱翔彩羽飞，烈龙盘旋赤焰腾。

雁来甘为黄鹂鸣，人至似入海棠林。

秋霜逡巡不敢下，冬雪踟蹰不能行。

三月桃花生而媚，十月红枫死雄浑。

世间铁血英雄多若此，慷慨志气空燃身。

---

① 张良，字子房，战国末期韩国贵族。据传其博浪沙刺杀秦始皇失败后，逃到沂水隐居，遇到了黄石公，得黄石公传授兵法韬略，终助刘邦建立了西汉。

江南初冬行

红接绿，黄染青，岭上斑斓春复明。

春复明，灿如锦，轻烟微抹两眉惊。

小亭寒潭水犹静，江山殊色归雁行。

长空碧，地铺金，四时侵摧动人心。

落叶行

忧来青枝柯，擅入岐黄道。

善解人之忧，不解己之老。

序春布氤氲，当暑身矫矫。

所志皆凌云，所托任飞鸟。

且为风所迫，惶惶不如草。

跌落三生石，大石不可抱。

身轻似转蓬，徒然附山皋。

蹀躞沟渠下，暗华生绿藻。

细纹剩白骨，朽味同污淖。

葛藟

　　昔人远矣，河山仍在。古诗文读多了，偶然见到那些跨越时空的景物，觉得它们仿佛是古人留给我们的精神信物，瞬间带人进入古诗文所描摹的幽远意境之中。

葛藟山之阿，引风流清光。

分壤适孟冬，条墒蹇苍黄。

援直涂玉树，拊曲织锦囊。

缝山以青藤，纫时以绿裳。

古乔攀葛藟，何乃倍沧桑。

弱株绕葛藟，何乃觉轻狂。

变节殊不易，挹景慰冯唐①。

客有中夜思，明月下白霜。

白霜俨似雪，幽寒弄残芳。

---

　　① 冯唐，西汉冯唐历文帝、景帝、武帝三世而不得重用。汉武帝虽有心起用他，但他已是九十高龄，无法任事了。后人用"冯唐易老"来感慨生不逢时、时运不济。

见道旁割芦苇有感

昨日尚婷婷，强着黄褐裙。

君鬓华发生，我举芦花云。

经冬尤需蛰，期年绿娉婷。

只恐新枝发，我已不识君。

吴地白雪歌

昆仑冰雪两三叶，飞入江南乱似蝶。

飞上青柯团绒花，飞向红墙砌玉堞。

籁籁白羽飞尘落，蓬蓬琼枝寒霜结。

池水沾花花无影，芳华骤谢香初歇。

我若思愁愁自生，雪雾漫漫任坠跌。

我若去忧忧自解，沛然天地显高洁。

寂寂向雪无一词，直待落如旧时节。

纵然雪落如昔岁，旧情却已千古别。

冬雨（三首）

一

日行燕云路，夜落芙蓉浦。

入水化冰晶，触山腾白雾。

二

玉树柳烟黄，云岭琥珀光。

大道窄如巷，绵绵雨丝长。

三

百年何所似？苍岭自嵯峨。

雨冷思故人，叮咚夜来歌。

大雪逸兴

大雪未留我行路，我自踏雪如凌波。

留迹还待后来人，旋被大雪风吹没。

雪中偶景

风卷银屑似扬沙，引得鹧鸪雁翅斜。

沙中意有黄金在，巢里无食犹是家。

大雪鹧鸪两盘旋，将追将弃目难暇。

旧毛蜷缩如卧犬，新羽吹蓬似凫鸭。

雪下冬虫不应语，空碛频频啄雪花。

不畏雪寒畏饥寒，还向枝头鸣呕哑。

大雪拟古

琼花筵，白羽服，公所好者能饮无？

纷纷还落门前柳，堆山又堆玉浮屑。

响银钲，敲冰釜，何必尽作无声舞。

捣玉砧，落星杵，漫漫白絮遮吴楚。

谢家子①，屐齿探山深几许？

陆生羽②，品茗蒸茶天外雨。

---

① 谢家子，指东晋诗人谢灵运。谢灵运喜游山陟岭，特制一种前后齿可装卸的木屐。上山可去其前齿，下山则去其后齿。后世因称这种特制的木屐为"谢公屐"。

② 陆生羽，指唐代著名的茶学家陆羽。陆羽一生嗜茶，精于茶道，以著世界第一部茶叶专著《茶经》而闻名于世。

冬日鹅山行

寻仙瞻远云，志怪觅宿莽①。

看山低过楼，观松凋不觥。

岸浅露沙石，水寒滞帆桨。

意孤忍弃月，句浅吟山冈。

种麦歌

犁田种荞麦，一年二三熟。

寒霜披银甲，飞雪垒白屋。

禾浅逐狡兔，苗盛掩鹁鸪。

颗颗疗饥苦，粒粒入酒曲。

---

① 宿莽，经冬不死的草。

麦黄歌

夜读白居易《观刈麦》诗，身处江南，忽忆昔日收麦场景，恍惚间时空交错，故为此歌。

江南歌采莲，江北歌麦黄。

农夫劳野外，莲女下荷塘。

采莲藕初白，刈麦粒已黄。

千行充仓廪，万顷尚泱泱。

莲作盘中蔬，麦作口中粮。

细丝萦贝齿，颀粒饱人肠。

种稻歌

稻粱谋，稻粱谋，锦鸡腹中空唱筹。

布谷声声催落谷，灵渠运水营芳洲。

泥中趔趄几行字，扶苗不倒身自柔。

种得一亩养爷娘，种得两亩饲牛羊。

种得三亩砌高墙，种得四亩满官仓。

烧田歌

哔卟声喧没微躯，钧天运力伐烂柯。

腾烟重重织云雾，起自大荒连长河。

莽原峥嵘埋猛犸①，蓬灰簌簌垄新坡。

付火一炬青青事，噫吁嘘唏几世歌！

---

① 猛犸，是象科动物的一个已灭绝的属，生活在一万多年前。

冶游思乡总关情

鼋头渚樱花记（七首）

一

锡城春起蠡湖鲜，鹿谷樱花逐芳泉。

长春桥上探花女，逢人说似鹊桥仙。

二

荆溪少女彩衣轻，樱花林下绣罗裙。

长袖一舞樱花雨，回眸一笑夺人心。

三

玉辇扶道隐幽径，绯云并肩盘复萦。

杏花白里调朱色，海棠红处裁伶仃。

四

素闻范蠡来芳汀，携美烟波踏歌行。

樱花繁似美人鬓，莫问吴越不了情。

五

恨不相逢唐伯虎，愿与桃花并蒂姝。

桃花有诗传千古，樱花无赋谢屠苏。

六

关山①欲飞二月白，染井更落三月霜。

可怜河津与椿寒，只道红颜爱红装。

七

东瀛异色夺天姿，波斯雪肤赛凝脂。

当年匍匐汉天子，如今依依牵我衣。

---

① 关山、染井、河津、椿寒皆樱树品种，其中河津、椿寒为早樱，色偏红；关山、染井为晚樱，染井色偏白。

游贡湖湾湿地公园（二首）

　　贡湖湾湿地公园位于太湖北侧。一条蜿蜒的太湖大堤，将公园分为两部分。大堤一侧是烟波浩渺的太湖，另一侧则是由多种植物、一处一处水塘组成的湿地。

一

　　十里芳堤住谁家？左是鱼龙右是花。

　　云湖渺渺湮吴越，水境滔滔动蒹葭。

　　琼英蜜意调黄蝶，宝镜天光射白沙。

　　点点鸥鹭飞欲落，片片渔舟浮似鸭。

二

　　一任车马驾长风，破云破雾至江东。

　　听愁欲钩吴越事，惬意还醉瀛壶中。

　　春雨落珠跳白虾，银丝垂江钓银龙。

　　水到蠡浦无限好，人在天境自从容。

桃园歌（三首）

　　无锡阳山位于太湖北侧，为著名的水蜜桃产地。同学徐英，家有桃园数亩，力行耕作，颇为辛劳。受其所邀，我曾多次去桃园看桃花，品尝水蜜桃。无以为报，故写下三首诗以答谢。

一

王家桃园三十亩，开作桃花红云薮。

武陵疑在陌头西，阳山应在垄东首。

日收百万桃花钱，夜酿千斛桃花酒。

逢人应许蟠桃宴，遇花漫邀凤池友。

桃花欲贴二八面，春枝还拂彭城叟。

沟畔处处绿秧草，枝上桃花簇细腰。

一树似比一树熟，五里邓林腾云霄。

墟里暖烟含山泽，霞中岫色布林梢。

桃花娘子无日闲，又点桃花又育苗。

换得王孙金错刀，换取佳人绣罗袍。

公子桃花能题诗，佳人桃花竞妖娆。

倚枝欲拟桃花面，莫拾桃花遗阿娇。

探腰不慎碰桃花，恐误桃花结仙桃。

举目尽是太湖春，流云远送艳阳高。

二

湖景红，白凤娇，王家娘子善种桃。

窑墩青岗育根骨，太湖浩荡伐髓毛。

三月春风桃花笑，六月累累悬日高。

玉似青肤吹欲破，浆成醴泉饮且豪。

蟠桃祝祷千年寿，我只相约在今朝。

人前不比黄金屋，人后自夸家有桃。

桃园方广百十丈，家中小女亦窈窕。

瑶林仙气合应有，四方亲友频相招。

三

一入桃园汗十斗，稠叶蔫蔫似犯愁。

暑日无边侵碧海，玉果累累压枝头。

阳山赤土堪炼石，荆溪弱水且甘喉。

草生一岁成蓬灰，苗育三载始连畴。

乱开桃花青峰里，高挂桃实阆风楼。

汝窑合烧钧天瓷，金罍拜奉仙人寿。

青蘋若生美人心，红唇欲绽美人口。

一日不取艳三分，两日不落填野沟。

日复往来接旋踵，手把千万输九州。

桃入君口可甘醴？莫令桃花空怀忧。

阳山桃源记（四首）

一

谁使春芳丽，擒获女儿心。

痴痴不忍别，嫁作桃源人。

二

我以赤子心，相看桃花开。

满目见桃花，皆是红与白。

三

世间无他物，能比桃花奇。

灼灼艳蚀骨，果成寿无极。

四

花满桃花坞，色润碧琉湖。

倚山看桃花，饮尽腰间壶。

咏宜兴竹海（五首）

一

山凝青峰老，水入镜湖寒。

阶前茵茵绿，顶上赤炎炎。

二

地火营天目^①，良渚^②育唐虞。

何以证久远？一潭桃花鱼^③。

三

茶垄分疏浅，竹海聚峰峦。

以此裁锦波，请君置楼船。

---

① 天目，指天目山，东起湖州，临太湖平原，西延浙皖交界处，遥望黄山。长二百公里，宽约六十公里。竹海所在干茅山即为天目山一脉。

② 良渚文化，是中国古代文化的一支，位于今日江浙一带。

③ 桃花鱼，竹海景区镜湖内，生有桃花水母，相传其已有上亿年历史。

四

脱去翠竹衫，我自葱岭横。
披上翠竹衫，我亦为卿卿。

五

身化绿岫竹，心怀长生结。
一年发几节，始能拂日月？

题宜兴西氿宜园

玉墀桥上浮云开，云隐楼前瞻若海。
一条荆溪穿城过，半个太湖扑面来！

过香山寺有感

　　顾山香山寺，原名毗陵寺，始建于东汉，为江南七十二寺之一。南朝梁昭明太子萧统曾在此代父出家修行。

日色澹澹滋蕙兰，水云绰绰列人烟。

香气流芳侵宝刹，锦罗华盖入金銮。

姑苏①建业②一日远，悟天彻地掷华年。

礼佛难为帝王事，梁庙处处成萧关。

---

① 苏州，古称姑苏。

② 南京，古称建业。

顾山来鹤亭记

　　来鹤亭坐落于江阴顾山东南山坡上。传说曾有道人于顾山上见有仙鹤飞临山前的相思湖上憩息，故而建亭以记其事。亭下为享有中国美丽乡村之誉的无锡山联村。

道人日暮坐苍松，忽闻阵阵鹤鸣声。

相思湖上振白羽，萧公山下理芳容。

高足长喙入碧湖，丹霞飞羽逐晚钟。

临风展翼松针落，相嬉引吭流云从。

犹疑梦寐恐为真，漠漠平芜睹仙踪。

惜无高门系青鸾，华亭潇潇赴苍穹。

先偿陆机临难愿，再慰李斯蔡门东。

鹤去亭在倚山望，因之祥瑞村居隆。

山下蹊径傍竹篱，嘉园绿水映青峰。

柴扉不似豪门深，我与他人皆乡农。

仙鹤闲暇若复来，唯以茶歌相迎送。

飞马水城行（二首）

　　海澜飞马水城位于江阴市新桥镇区南首，是一个大型的马文化旅游综合体。

胡马歌

昆仑长河万里遥，胡马竞渡未折腰。

蹄裂东南群英会，谁与仲谋试今朝。

虎躯龙骨趵突火，巾帼鞍鞯逞英豪。

列队待破万人阵，挽车犹侍挎横刀。

照夜狮子白如雪，爪黄飞电特勒骠。

五花拳骐不堪用，穆王八骏首连尻。

胡马胡马尔不乐，披肩垂颈甩尾毛。

未逐放旷逝雷电，谁恋银镫枥金槽！

精豆嚼似蹄下草，美酒饮罢更无聊。

我不识尔万金骨，尔不觑我俗世蒿。

且歌且叹且相见，当年汉皇上林苑①。

---

　　① 上林苑，汉武帝修建的一个纵横三百多平方公里的皇家园林。各地进贡的许多珍稀鸟兽均养于此，供汉武帝畋猎、戏玩。

天子一人爱畋猎，珍禽异兽难苟全。

海外犀象日瘦削，天梧凤凰落羽毛。

盼尔振发长嘶啸，遥禀关山路迢迢。

即令世人不识我，亦当昂昂不自抛。

客从东西南北来，万人争睹此天骄。

天骄一时不得志，暂偿远客相思意。

旦夕有事任驱驰，手把绿绦红丝系。

水城行

海图按骥索西极，城在海中日月西。

移来东土新桥里，倾尽琥珀琉璃池。

水起三重白玉楼，云织千釉紫霞衣。

华光四射冲斗牛，宝镜开澜照兰溪。

牙船催破锦襁重，舴艋一舟轻似泥。

摇过象牙九曲桥，疑入银都长安畿。

锦服珍玩列街市，奇伶巧伎声叽叽。

滟滟水光晴有色，汩汩人潮挤如糜。

漫看街衢如浮世，历数繁盛正当时。

处处皆作花似锦，人人尽着玟瑰衣。

坐观天地化咫尺，手欲触之乐未及。

过舜过山

　　舜过山，位于江阴申港(古称延陵邑)、南闸、常州焦溪三地交界之处，秦望山之西，焦溪之东。相传因舜曾在此耕作，故而得名，并曾留有舜田、舜井、舜桥、舜河、牛迹石等遗迹。今舜过山大半已被辟为坟场，仅山顶尚遗有舜山古寺(原址新建)。

　　　　舜过山下坟茔多，新鬼旧鬼哭作歌。

　　　　层层白骨筑青岩，蹒跚黄泥附山阿。

　　　　谁道青山无限好，却被拿当冢中窝。

　　　　舜迹尽归九嶷①去，季伯遗蜕予烟波。

　　　　延陵未悬君子剑②，坡上青松徒奈何。

----

　　①　九嶷山，又名苍梧山。位于湖南省宁远县境内。《史记·五帝本纪》载："舜南巡崩于苍梧之野，葬于江南九嶷。"

　　②　《史记·吴太伯世家》中记载，吴国公子季札出使各国，北行时造访徐国国君。徐君喜欢季札的宝剑，但嘴里没敢说，季札心里也明白徐君之意，但因还要到中原各国去出使，所以没献宝剑给徐君。出使回来又经徐国，徐君已死，季札解下宝剑，挂在徐君坟墓树木之上才离开。随从人员说："徐君已死，那宝剑还给徐君干吗？"季子说："不对，当初我内心已答应了他，怎能因为徐君之死，就违背自己的心愿呢！"

当年日月照沧海，苍苍山下鱼龙国。

舜皇拓荒种五谷，季圣犁田挽秋禾。

焦溪涓涓开荆楚，秦望巍巍参吴伯。

古有贤者聚大义，今无隐庐言蹉跎。

东山侠者歌

　　江阴黄山之东山，系原国民党江防前沿指挥部所在。解放战争后期，江阴要塞官兵阵前起义，使人民解放军顺利渡过了长江天险。2008年以该历史背景为题材的电视连续剧《江阴要塞》在此拍摄，修缮并还原了碉楼、岗哨等诸多场景。一日来此，思及往事，偶得此歌。

东山看尽风与花，野萝荒棘掩碉塔。

本是逐鹿争战地，硝烟未起干戈罢。

项王空负扛鼎力，美人碧血染黄沙。

楚歌四面围垓下^①，二十万众齐解甲。

军心散尽何称雄，莫如一骑闯天涯。

留侯颍川遇高祖，躬身廿载安天下。

忆昔博浪刺秦帝，颍川少年谁不夸！

谪仙拔剑心茫然，皆因心系帝王家。

空留一首侠客行，半生蹉跎彼岸花。

欲学陈抟华山巅，太极源自真潇洒。

日日临江磨砥砺，胸有剑意自称侠。

---

　　① 垓下，古地名，位于安徽省灵璧县境内，是楚汉相争最后决战地。

过黄山炮台石室

幽径远迎谢公屐，石几虚席候老聃。

绿萝轻垂离尘发，青松欲遮五柳颜。

平生无意结隐庐，欣然入室静修禅。

世人多为叶公^①志，如何耐得冷衾寒。

山间蚊蚁恶如虎，夜风排闼怨鬼缠。

唯有粗莽厮杀汉，居于此间若等闲。

壁倚十丈杀人矛，地磨铁靴铜钉烂。

敌阵往来血如汗，倒头枕石酒中酣。

青衣文士谁能尔，古今数来有谢安。

雕梁画栋视若仇，一日三辞入深山^②。

庙筹常画清风诀，演武取法烈火焰。

欲邀芳魂来此住，奈何此非会稽山。

若得雄魄守藩篱，从此石室成神龛。

---

① 西汉刘向在《新序·杂事》中记载了"叶公好龙"的故事。说的是春秋时楚国叶公子高，平时到处展示自己爱好龙，可真正的龙飞来找他时，他却吓得魂飞魄散。

② 东晋谢安性情疏朗，喜爱山水。他多次拒绝朝廷的征召，隐居于会稽郡的东山。出仕后，力主抵抗前秦，并选派谢石、谢玄等谢家子弟担任领军将领，取得了"淝水之战"的胜利。

鹅山碑廊记

　　鹅鼻嘴公园山上有一处诗廊，其壁镌刻古之贤者来此观赏江景而留下的十余首著名诗篇。予常来此阅读感悟，体会前辈诗歌的意境，总有所得，故而记之。

　　　　　　　　元人许如心[①]，驻马小石湾。

　　　　　　　　流云系鹅鼻，新苇满荒滩。

　　　　　　　　赋诗与惊涛，相与飞鸟还。

　　　　　　　　燕京王鼎楼[②]，书画冠长安。

　　　　　　　　来此览江景，挥毫如心篇。

　　　　　　　　立碑山道旁，以待来者瞻。

　　　　　　　游人看山又看水，甚少有人碑前观。

　　　　　　风欺雨凌粉墙黯，壁落斑斑字欲残。

---

　　①　许恕，字如心，元末明初江阴籍诗人。他在观赏了鹅鼻嘴江景后，写下了《小石湾》一诗："晴沙展芳席，春山歇游骑。飞云度鸟背，惊涛触鹅鼻。远观山水佳，近爱花木丽。风尘一失所，行乐犹梦寐。"

　　②　王镛，当代著名书法家，号鼎楼主人。鹅鼻嘴诗廊中许恕的《小石湾》一诗，即由他书写镌刻。

我亦爱山水，常来此山看。

冬见白霜栖枯草，春看江水绿如蓝。

随手草就诗百篇，世人笑我颇疯癫。

高人名士少人眷，籍籍无名何时显？

且抛秃笔鹅池①干，孤山一水独怆然。

再临鹅山碑，欲揣学先贤。

如心诗意老，鼎楼字蹒跚。

风雨酝佳酿，点睛需巨椽。

我始悟得山水情，何须顾及无人看。

直抒胸臆通江海，日月星辰皆肝胆。

诗成先付山花看，天地皆在山花一笑间。

---

① 相传东晋书法家王羲之性喜爱鹅，筑有鹅池养鹅。其常常通过观赏鹅的姿态，来揣摩书法之真意所在。

再游鹅山碑廊（七首）

一

远游诚可兴，近睇亦暇舒。

风暖花又放，头白影不孤。

光起山欲青，日偏江转乌。

林表浮新意，石壁览旧书。

二

故人安可留？千秋兹怀忧。

石壁镌分晓，笔画走银钩。

江风吹旧曲，吴邑祷新讴。

往来踟蹰者，黯然对山丘。

三

谁摘几行字，暂作千家诗。

诗中无限意，澄江古邑时。

飞鸟逐鸥鹭，青苇荒南淇。

渔舟歌未彻，屐齿叩石矶。

四

喜忧心头客，宠辱天地间。

镌诗于石壁，任尔识等闲。

千秋共碧水，百代伴青山。

流霜浣大石，遗世守山巅。

五

千军酬白马，万树谢芳林。

引风掬清水，执笔雕花阴。

槐芳春日白，榆丽凯风①新。

种榆又种槐，夹道候子衿。

六

四野怜山微，众溪汇长河。

魁星②频北照，斗牛射南国。

山势多回转，亘古长蹉跎。

---

① 凯风，即南风，语见《诗经·邶风·凯风》。因夏季常吹南风，故又以凯风指代夏季。

② 魁星，古代神话中主宰文章兴衰的神。

致意吴江水，摇向蓬莱波。

七

深秀肌腠里，狷狂诗文中。

登高歌宿志，刻石画苍松。

玉兔傍山鬼^①，金乌骑青龙。

起意棹兰舟，群芳谁相从？

---

① 山鬼，屈原《九歌·山鬼》中塑造了一位秀美而又温柔多情的女性山神。

看云听潮亭

看云听潮亭位于江阴鹅鼻嘴公园，临长江，依鹅山，是观赏江景的佳处。

扬子江头听潮客，凭栏入梦海天游。

三万里外狂涛涌，九重霄上风雨骤。

江水似有滔天情，西流亭下数风流。

剑外忽传蓟北讯，巴郡巫峡穿轻舟①。

瞿塘滟滪古称险，白帝江陵只一昼②。

水去云来神女峰③，江夏了断名士头④。

---

① 杜甫《闻官军收河南河北》："剑外忽传收蓟北，初闻涕泪满衣裳。却看妻子愁何在，漫卷诗书喜欲狂。白日放歌须纵酒，青春作伴好还乡。即从巴峡穿巫峡，便下襄阳向洛阳。"

② 李白《早发白帝城》："朝辞白帝彩云间，千里江陵一日还。两岸猿声啼不住，轻舟已过万重山。"

③ 宋玉《神女赋》中，叙述了楚襄王夜梦巫山神女一事。

④ 祢衡，东汉末年名士，个性恃才傲物，后为江夏太守黄祖所杀。

魏武允文皆俊杰，赤壁采石^①谁敌手？

雄师自此过江去，巨桥一飞天堑休。

小子愚陋淮上客，幼时所见皆渠沟。

初见大江惊且骇，而今安然北固楼^②。

人生不过四十矣，却似观尽云苍狗^③。

唤醒庄生蝴蝶梦，襟怀江水意无畴。

一寐悟得千年道，从此万事无须愁。

---

① 赤壁、采石均为古代著名的战场，其中曹操在赤壁为孙刘联军击败，虞允文则在采石矶大破金军。

② 北固楼，又称北固亭，位于镇江北固山。南宋词人辛弃疾写有著名的《永遇乐·京口北固亭怀古》一词，抒发其对局势深深的忧虑之情。

③ 杜甫《可叹》诗："天上浮云似白衣，斯须改变如苍狗。"后用"白云苍狗"一词来形容世事变化无常。

重临看云听潮亭

一时晴，一时阴，西山云动暗转明。

故人重来听潮亭，潮头浪急寒舟轻。

此处江风最凛冽，当之犹似对强秦。

赫赫快哉千里风，胸有块垒须荡平。

江潮年年唱新曲，亭上日日候苏卿①。

去年诗书曾记否？非是少年空豪情。

---

① 苏轼《水调歌头·黄州快哉亭赠张偓佺》一词中有"一点浩然气，千里快哉风"。

鹅鼻嘴行吟

　　江阴小黄山西首形似鹅鼻，探入长江，江涛经此倒卷，形似鹅鼻嘴，颇为壮观。鹅鼻嘴公园亦因此得名。

连天水势卷平畴，万殷清流下扬州。

行到黄山鹅鼻处，千回百折待回头。

清江夜泛明月起，楚天遥阔烟云收。

孤山一屿敌沧海，大石横亘江豚游。

若有奔雷声入耳，势若马蹄踏春秋。

积雪岩下涌积雪，听潮亭前看风流。

吾以有生吟沧浪，不令鹅鼻成荒丘！

白石山行

据传有修真之人以煮白石为食。今夏港镇南有一山名白石山，余甚奇其名，以为有仙迹可寻，故而蹈之。其山大半已被采石破坏，残迹殷殷。乃知所谓煮石，不过徒增一梦尔。

白石山下遇东邻，老丈七十犹苦辛。

阳春并作锄荷下，细雨合渠溉绿云。

一垄新韭当山珍，几只鸡雏学鸣禽。

自言本是邑里人，归老才束陶潜巾①。

日日驱车三十里，夜是邑臣朝林宾。

耘出天地养自我，采下禾蔬馈儿孙。

因问山名有何悟？煮石仙家用何釜？

我见白石山可怜，残峰半壁难存古。

老丈尚可承其惠，儿郎弃之朝齐鲁。

何年有人煮白石？不见神仙唯见苦。

卧下阡陌横微躯，浮向溪河饮凄楚。

身贱日日遭挞伐，水浅处处陈腥腐。

---

① 陶渊明，名潜，著名的田园派诗人。后人常用"陶潜巾"来指代隐居田园之人。

山前曲径细若无，坡上桑林疏成圃。

蒺藜珠花迎春戴，狼草野芒别秋浦。

童山不绕赤练蛇，短冈难藏松纹虎。

东南天姥如梦寐，西北华岳愧道祖。

白石老人何处有？唯有农夫耕黄土！

过三茅观旧址（二首）

三茅观旧址位于江阴西南秦望山北山脚下，虽已破败不堪，但残留的建筑雕饰仍能依稀看出昔日的兴盛。

一

苍苍山下人迹微，黯黯粉墙几近颓。

落尽苦雨洗朱砂，呼来凉风吹白灰。

香炉燃尽尘间愿，泥身坐看日月飞。

二

人之百年为过客，不识狮山山之南。

桃林夭夭矗残壁，青山汲汲露白垣。

日风夜雨剥朱砂，金身坐化成泥团。

青龙盘首仍翘望，朱雀空啄翎羽残。

闭扃不纳香炉空，云游不归茅山仙。

当年青山引为伴，白鹤忽来唳九天。

桃剑时时斩妖氛，灵符处处锁重渊。

一掷桃剑化邓林，蓑雨竹风满江南。

何必信此鬼神术，伊人遥遥不可攀。

夜过延陵季子庙

寂寂山墙歇紫烟，寥寥松影镜壁前。
申浦欲放兰舟远，不到姑苏章台边。

夜上小黄山

寂寂山林一点光，路人持作照羊肠。
山下万盏华灯放，山上只觉夜茫茫。

过延陵季子祠（三首）

其一　季子祠①歌

延陵季子宿何处？青青冢旁起华屋。

延陵季子歌何歌？濯濯沧浪济上湖。

其二　题季子祠诗歌长廊

半壁诗廊半壁空，留白处处印青松。

我若为君亦归去，恐道此路已终穷。

其三　季子歌

君不闻徐公事，但有玉剑悬高枝。

君不闻鲁公名，但闻周乐舞明庭。②

季子季子悲不悲？强吴三世成流水！

古来王事多荼蘼，独向舜山叹嘘唏。

---

①　季子祠所在的江阴申港地区，古吴时尚为水沼之地，名上湖。

②　季札出使周时，途经鲁国，听到了周乐。他以独特的音乐艺术感知能力，逐一剖析了周乐的内在精髓，令一众宾客叹服。

登秦望山

秦望山，位于江阴城西南，相传秦始皇南巡时曾驻足于此，故得名。

旖旎春芳日，秦王登吴阿。

披荆奉紫履，整道驰玉车。

龙旗蔽苍野，战士塞江河。

狮山伏鹰犬，焦溪卧长蛇。[1]

南觑子胥湖，北眺吴伯窠[2]。

瞻云易苍老，荡气媚秋波。

玉京营我室，百越为我泽。

驾舟捕鲸鲨，探爪灭鼋鼍。

猛虎自生威，何须千仞托。

雄躯践草木，虎目摒青娥。

区区百尺冈，睥睨亦嵯峨。

---

[1] 秦望山之北有一小山，名狮子山。秦望山之西有河，名焦溪。

[2] 秦望山之南为江阴月城。秦望山之西北有季子祠，相传季札埋骨于此。

陈王噤若虫，刘项浪为客。

壮哉微斯人，吾辈谁与歌！

姑苏印象

古今放荡唯一骸，时时趁意到苏州。

无限春情落平野，不朽明灯接高楼。

金鸡欲啼春宫晓，西山方醒云雾收。

桥上时忆张公[①]语，桨里偏寻越女愁。

愁来默默听昆曲，穹窿西望是归舟。

愿买良田香山下，朝播流云晚播霞。

浪逐青溟成缥缈，霞生灵岩伴馆娃。

幽里藏奇奇生巧，巷中园林陶朱家。

惭愧不识观前街，可叹处处有芳华。

---

① 唐诗人张继《枫桥夜泊》：“姑苏城外寒山寺，夜半钟声到客船。”

雨夜周庄①行

暮辞车马雨打头，花伞斜撑鱼龙游。

折水为浍筑沈园，叠桥成双通牌楼。

挂浆吴水分碧色，添光越溪胭脂河。

报恩长桥衔光影，双龙戏湖雨奔流。

乌篷径向南湖去，青石踏回几度秋。

店家陶笛声婉转，子夜歌声堪解愁。

---

① 周庄，江南六大古镇之一，内有双桥、沈厅、牌楼、报恩桥、长桥等景点。

虎丘剑池行

　　虎丘位于苏州西北，原名海涌山，春秋五霸之一的吴王阖闾
葬于此。据传葬后三日有一只白虎踞于山上，故更名虎丘。山上
建有云岩寺塔，因塔身倾斜，故被称为中国的"比萨斜塔"。塔
下剑池所在地据传为吴王墓入口。史载墓中陪葬有"扁诸""鱼
肠"等绝世名剑及其他利剑共三千把，故得名剑池。

　　　大王睥睨天下之利刃，何故深藏龙渊而夜鸣？

　　　　海涌山虎视中原，云岩塔戟指问天。

　　　　千人岩剖肝沥胆，双孔桥泪垂云烟。

　　　　二十载八方惊怖，三十万铠甲破残。

　　　　龙泉缩骨之寒水，栖身陆公杯盏间。

　　　　花间诗词和香看，锦样文章墟里烟。

　　　　苏子观松意翩跹，米芾走笔心慕闲。

　　　　姑苏只余蚕与绢，从此北人尽胜南！

或曰兵者诡道也，宋襄[①]苻秦[②]败可鉴。

越存吴灭唏嘘事，天下皆怨太宰[③]贪。

或曰仁者多蒙羞，杀妻名将[④]以功喧。

井蛙论海穷无词，夏虫语冰谁勾连？

伍员[⑤]恨意无消日，楚冢战战未敢眠。

---

① 春秋时宋襄公号称以仁义服人。与楚国争战的时候，他不抓住楚国战阵尚未结成的有利时机抢先进攻，反而待楚国一切准备妥当后才开战，一战败于楚国，国势从此衰落。

② 苻坚统领80万氐秦军抵淝水，与东晋军队隔河相对。东晋大将谢玄定下计策，使用激将法令氐秦军队后撤，渡过淝水后出其不意攻击氐秦军，并于八公山上故布疑兵，氐秦军心大乱，大败而归。

③ 伯嚭，时任吴国太宰。吴国击败越国时，越大夫文种带着美女珍宝，偷偷献给伯嚭，伯嚭竭力劝说夫差受降，使得勾践免于一死。后又陷害伍子胥，伍子胥被迫自刎而死。

④ 吴起的妻子为齐人，鲁国欲与齐开战，想用他又怀疑他。吴起就杀了妻子，成为鲁将，击败了齐军。

⑤ 伍员，即伍子胥，原为楚国贵族，其父兄为楚平王所杀。伍员逃到吴国后，助吴败楚，挖掘楚平王之陵，鞭尸以申恨。

木渎行歌

　　木渎古镇位于苏州古城西部。相传春秋末年，吴越纷争，越国战败，越王勾践施用"美人计"，献美女西施于吴王。吴王夫差专宠西施，特地为她在灵岩山顶建造馆娃宫，又在紫石山增筑姑苏台。源源而来的木材堵塞了山下的河流港渎，"木塞于渎"，木渎之名便由此而来。

大王初迎美人时，木塞于渎张高帜。

南山蘼芜正芳菲，北麓殷勤献灵芝。

山岚浮翠香溪秀，愿得越女勿相思。

美人美人居馆娃，有美有美世所夸。

凄凄明月覆秋霜，曳曳素裙披轻纱。

潺湲香溪濯玉足，四十八郡齐慑服。

驿路传骑声相续，天下以此为王都。

云骤雨急宫尽毁，沓沓飞鸿美人归。

香溪无主傍旧庐，灵岩茫然贻阿谁？

金顶后来结宝刹，石兽垂眸忆朝晖。

琼琼夜华侵九霄，羽羽高楼凌翠微。

人来每每思风流，岂知吴韵不胜悲。

西山岛行歌

　　西山岛位于苏州古城西南40多公里的太湖之中，为天目山之一脉。其北依穹窿山，南进太湖深处，系太湖第一大岛，是我国淡水湖泊中最大的岛屿。岛上的缥缈峰为太湖七十二峰之首。登巅俯视太湖，沐日浴月，烟雾无际，美不胜收。

青螺①欲行海王梦，跃入五湖三界中。

灵石作筏浮四海，青苇漫漫围数重。

穹窿卧波甘俯首，天目纵横似沟通。

滔滔渺渺水云间，蜗洞曲折禹难穷。

古来天地皆混沌，白雾青颜谁称雄？

紫气云珊光陆离，汩汩涛声辨长风。

中有一峰号缥缈，啜波万顷夺心胸。

秀木迤逦叠遐径，仙鹭往往来相从。

胥门②老者卜阴阳，善识风云称石公。

摇橹荡舟烟波里，仙家渔家混一同。

---

　　①　唐代文学家刘禹锡《望洞庭》中有"遥望洞庭山水翠，白银盘里一青螺"，用青螺来形容洞庭湖中的君山。

　　②　胥门，古时苏州西南城门名。

四时珍馐何所奉？枇杷杨梅柑橘红。

舀尽金波蒸六膳，采来蕙茞点香葱。

夜泊明月石湾里，朝布阴晴向吴中。

春沼往往消炎暑，秋澜微微迟孟冬。

兰桡扣舷歌应和，美人何为意茕茕！

朱门行

　　朱门社区坐落于南京市江宁区江宁街道。当年明太祖朱元璋建都南京后，在此建起了都城的卫城，并因军戍而逐渐形成了聚居区。如今朱门以旅游业为主，有房车营地、采摘园等。

何时何地清风好？朱门近午艳阳高。

伸手不畏流冰寒，敞襟且纳松竹涛。

野径俱亡明清记，石桥漫刻日月刀。

青山深种忘忧草，柴门高悬酒旗飘。

风抚茶山款款绿，日落天光漓漓摇。

粗墙淡瓦人家绕，山民身似铁板桥。

农家不问天下事，厨下殷勤引火烧。

栖霞山红枫歌

栖霞红云今安在？

在赤水之齐眉，青林之毫巅，幽谷之深怀！

谁持明烛照景林，燃尽山花叩鹿柴。

石为根兮生朱颜，风为媒兮夸四海。

秦淮夫子庙夜游记

东海西川人人闲，齐到金陵看画船。

乌衣闾巷细成烟，天街十里人似泉。

夫子门生逾千万，王谢老宅几得全？

当年依稀读书处，如今呼尔洒金钱。

总理故居蜡梅开

黄灯笼，青庐中，故人悠悠楚天梦。
细枝微微擎北风，照得东墙影朦胧。
香气冷，雪消融，伏案但书济世穷。
青砖斑驳无言语，只留梅花说倥偬。
花事百年多蹉跎，迎春风，引飞鸿。

晨步新安江畔

云气交河暗，天光晰山明。
率水发北川，横江折西泾。
九转入富春，百挠滩上行。
开天磨仙镜，入地曜锦屏。
从兹商路起，云帆何经停？

河下曲（七首）

　　河下古镇位于江苏省淮安市淮安区西北隅，古邗沟入淮处的古末口。河下是典型的因运而兴、因运而衰的千年古镇，鼎盛时有"扬州千载繁华景，移至西湖嘴上头"之美誉。清末，由于淮北盐的集散中心移至王家营的西坝，漕粮由河运改为海运等原因，河下逐渐败落。

一

操舟疾如飞，知是河下郎。

昨日遣白马①，今日渡长江。

千里转一粟，万里波作床。

二

平沙腹便便，鸦舟②角昂昂。

千帆发洛浦，万舸济湖湘。

舳公起河下，君子谋洛阳。

---

　①　白马湖，位于高邮湖之北，洪泽湖之南。

　②　平沙、鸦舟，古代船舶种类名。

三

出京延帝师^①，访贤诣山阳。

沈公^②启鸿运，随园^③肇文昌。

大儒泽四海，公车^④输栋梁。

四

文楼宴嘉宾，武楼会豪强。

翡翠新蒲羹，白玉豆腐汤。

主人若有意，信口开淮腔。^⑤

五

窈窕沈家女，许字吴家郎^⑥。

---

① 帝师，指曾为清道光帝师的汪廷珍。

② 沈公，指明嘉靖时状元沈坤。

③ 随园，袁枚号随园老人，清乾嘉代表诗人、散文家、文学评论家和美食家。

④ 公车：代指举人进京应试。

⑤ 蒲茸菜、平桥豆腐皆为当地著名美食，淮剧为当地剧种。

⑥ 吴家郎，指吴承恩之子凤毛。据传吴承恩与沈坤相交莫逆，吴府与沈府也只有一街之隔。沈坤之女幼时即许婚凤毛，可惜凤毛未及成年便夭折了。

兰溪两尺宽，竹巷一丈长。

吴郎竟不至，为谁贴花黄？

六

铜巷连幽宅，金街涂粉墙。

声喧一时歇，万籁俱风凉。

石板磨欲灭，斑驳见瓦当①。

七

抛舟断橹时，河下染秋霜。

淮水空泛波，邗江②夜茫茫。

父老安贫贱，日暮邀杜康。

---

① 瓦当，古代中国建筑中覆盖建筑檐头筒瓦前端的遮挡，其上常雕有各种图案。

② 邗江，运河淮扬段古称邗沟。

琅琊山歌辞

　　琅琊山，古称摩陀岭，位于安徽省滁州市琅琊区西南约五公里处。

　　北宋时，欧阳修因参与"庆历新政"，失败后被朝廷贬任滁州知州（其时三十八岁）。也因此写下了著名的《醉翁亭记》，使琅琊山声名大振。

琅琊复琅琊，汝道宜宫商①。

琴额触摩陀，临岳指扶桑。

凤沼纳深秀，焦尾担无梁。②

林风拂五弦，西涧流清觞。

太守庐陵公，庆历远朝堂。

三十称醉翁，为人足轻狂。

---

　　① 古代音乐分为宫、商、角、徵、羽五声，此处宫商代指古乐。

　　② 琴额、临岳、凤沼、焦尾，分别为古琴的四个部位名称。其中琴头上部称为"额"。额下端镶有用以架弦的硬木称为"临岳"。琴底部有大小两个音槽，其较小部分称为"凤沼"。琴尾镶有刻有浅槽的硬木"龙龈"，用以架弦。龙龈两侧的边饰称为"冠角"，又称"焦尾"。

时骓逝不利，势迫须守藏。

后人谬从俗，谓以山水长。

河内司马王，驻兵向山冈。

鹰视东南地，虎步凌建康。

事若有可为，可为必用强。

子孙诚不肖，乃祖自荣光。

山水诚可观，起意多彷徨。

闲亭歇远客，古木衍苍茫。

马鞍山长江大桥行

　　马鞍山长江大桥起于马鞍山博望区丹阳镇牛路口，在当涂县江心洲位置处跨越长江。大桥的桥塔造型为红色的多层门式结构，就像一扇扇打开的大门。著名的采石矶风景区即在大桥下游约四公里处。

　　昨夜明月铺玉床，邀我饮酒过横江。

　　横江风急白浪高，津门小吏手乱摇。①

　　长河千里会沧海，飞虹经天骑鲸鳌。

　　九天丹砂涂朱颜，精钢百炼拟楚腰。

　　金丝银缕织复织，织来同欢结丝绦。

　　赤色拱门环复环，几重帘栊锁阿娇？

　　天门重重次第排，交心若接逾万载。

　　一重门开一重境，霸王心胸安可猜？

　　乌江亭畔马蹄声，嗒嗒凿空自徘徊。

　　仰若雄关摧肺腑，安得壮士归四海！

　　天门重重訇然开，直上云霄赴兰台。

---

　　①　李白《横江词》其五："横江馆前津吏迎，向余东指海云生。郎今欲渡缘何事？如此风波不可行！"

太液清池掬手饮，香云绯绯任我裁。

高冠张戴浮云客，堆翡捧玉羽人①来。

嚯嚯江风响不绝，霎霎霓影流东海。

天沟日夜流金银，商旅络绎声动疆。

惯为牛马走南北，折尽杨柳②楚调哀。

莫挣浮名付偬偬，神龙引我访同侪。

---

① 羽人，指仙人。杜甫《寄韩谏议》："芙蓉旌旗烟雾落，影动倒景摇潇湘。星宫之君醉琼浆，羽人稀少不在旁。似闻昨者赤松子，恐是汉代韩张良。"

② 古人常用折杨柳代指送别。汉乐府《折杨柳歌辞》其一："上马不捉鞭，反折杨柳枝。蹀座吹长笛，愁杀行客儿。"

过齐云山

　　齐云山，古称白岳，在黄山市休宁县境内，为中国四大道教名山之一。相传明朝张三丰真人终老于此。戊戌年孟冬，两过山下，遥瞻山势起伏，忽有所悟，乃记而歌之。

齐云山，

峰峰只隔两尺宽，猿狖一日可三迁。

云岩插之天之隅，白岳出乎地之南。

西汲旸泉栽若木，东伐扶桑挂高轩。

揉雾采霞，销金捣石，炼就万世不灭之仙丹。

上有天街售灵药，下有横江水湍湍。

真人物化，隐匿人寰；大石凿幽，冷竹寒泉。

贤愚来此共参拜，白云因此多盘桓。

我思齐云名非名，此间何路通青冥？

水出岩湖见肺腑，山连青峰比肩平。

疑是真人编石篱，篱外种药奉三清。

石径不通篱外路，扪参历井何处行？

再访宏村（二首）

其一 南湖

盛波无万顷，但能琢美玉。

拭面当清心，理容照衣履。

近涘印远山，中央虚寰宇。

开轩照白壁，青瓦饮秋雨。

主人诚邀客，又闻汪氏语。

其二 月沼

古来清墟皆寂寥，何如人间一月沼！

日敛阴晴三百万，夜息汪村千般潮。

大石合围重几何？牛首生泽入怀抱。

粉壁相酬斑驳意，青砖敬谢风雨扰。

百代相续成过客，柏梁门户凭水照。

左饰鱼虫开秋澜，右雕花鸟啼春晓。

羊肠巷里引客来，得月楼内酒足饱。

檐下少年声叽叽，坐中缓颊多翁媪。

济济水边何所期？倒影执意心头好。

我见满月骑东墙，逡巡不下如墙草。

夜深还羞有人知，玉池濯浴光渺渺。

千旬然诺许团圆，洗去悲欢又皎皎！

见宏村写生者有感（四首）

一

此地无王孙，何以慰佳人？

同伙着纶巾，结伴好圜阓。

携手居穷巷，分笔润乾坤。

青眼所加处，斑驳一古村。

二

丹青渲粉壁，赭色漆彤门。

石梁担弱水，蛛丝系红灯。

萱兰生石罅，新知访旧城。

流泉漫池沼，荷塘归雁声。

三

窄桥通四海，山石砌朱门。

笔下百世秋，眸中当年人。

风入细草巷，马头新月轮。

朽梁雕美物，金银网蛛尘。

四

同袍幸勿忘，今日南湖滨。

我辈乘意气，来此观风云。

腾蛟池尚浅，落雨溢壶瀛。

唯有湖畔柳，相坐一树荫。

赴塔川观红叶见东山生晨雾有感

东山生晨雾，西山起夕烟。

以为山之东兮有大海，骇浪冲腾不能攀，化为云气相勾连。

以为山之西兮多檽木，叶色焜黄火自燃，日渐迫兮火成团。

簌簌松杉铺金海，纠纠乌桕结高轩。

铁岭榻卧光不熄，光到毫巅虹为冠。

徽州古民居写意（四首）

其一　院落

门前藕花深深处，庭中闲倚桂花树。

青檐停云歇几许，大雪粉墙扑簌簌。

其二　天井

四闭风声与雨声，天光一束透晨昏。

牵丝摇落蓬莱雨，飞来燕子山外春。

其三　雕花①

石上南瓜墙外花，花开几时结成瓜？

愿得蝙蝠群群飞，不愿生男不还家。

其四　学舍

饮墨裁云一径开，散发读书日月白。

皓首犹是老童生，还我伏案独自在。

---

①　徽州民居的门窗上，常雕以南瓜与蝙蝠，寓意生男孩和福到。

致屯溪

浅莫浅兮白石滩，于潦于沚植芳兰。

浮于水华颦秀眉，沉于陆泽染云烟。

月莫圆乎于此时，滩头百转影不全。

日莫落兮濯乌羽，难奉夸父一壶箪。

北逝齐云缥缈意，西泯鄱阳沧浪帆。

清莫清兮松竹泉，绿蚁浮波带远川。

江篱簇簇文其波，修鱼洋洋浚其源。

声当激澈澈于骨，色染澄天浴晴岚。

春未远兮秋未近，手掬流水艳阳天。

远去新安富春里，竹筏放空何时还？

游故宫

京门雁子翅摩天，无数宫阙堆眼前。

琉瓦层层叠金顶，景泰点点染青斑。

南海鲛人采珊瑚，照夜东珠光灿灿。

岱宗樵夫伐紫檀，昆仑瑞兽暗吐烟。

玉作梅花无处香，春发海棠年年艳。

哪得长春长春宫，焉有太极太极殿。

文渊思贤填不平，武林患失谁定边？

遥想芳华绝代色，尽没沧桑百年殿。

今有游人多如蚁，踏破秋草与方砖。

当时冷暖莫可知，只道陈列值万钱。

游圆明园

瀛湖风景占风流，雪白藕红玉潭秋。

帝王事了海岳楼，蓬莱客散方壶洲。

鸭庐浮傍白玉京，乱柳啼破黄莺喉。

绮湖莲唱西洲曲，福海月吟吴越讴。

武陵春随桃花落，花港鱼戏御马沟。

九州名胜曾聚此，只剩草木忆悠悠。

思故人

遥遥孤山浮青黛，万顷湖渊归碧海。

长歌酹尽千杯酒，不见日边故人来。

北京香山行（三首）

一

楚山碧色鸦头青，新安江水亦性灵。

非看红叶不到此，只因块垒多矫情。

二

略尽杂花与野枝，只看大红与大紫。

纵马燕山逞一快，擒却沙雁半行诗。

三

饮霜且饱心头血，餐风更铸百年筋。

只为君来一探看，便举半天火烧云。

香山红叶行

总为热血时欲冷，故教天地造磅礴。

森玉笏旁野松岭，和顺门下落阳坡。

苦香犹恨寒露浅，色浓方染麒麟阁①。

静翠虚涵胭脂水，香炉冲焰锻天戈。

一山皆赤烧鹿鼎，万树流霞开阊阖。

公孙②白马汗流朱，慕容③铁骑蹄裂帛。

望空长饮风霜里，贴面莫辨是巾帼。

吴地蚕娘善文锦，好为百鸟朝凤歌。

采金采银绣绒花，团团彤云飞晚霞。

木华处处堪垂怜，归雁行行日斜斜。

---

① 麒麟阁，汉武帝建于未央宫之中，因汉武帝元狩年间打猎获得麒麟而命名。主要用来供奉功臣。

② 公孙瓒，东汉末年群雄之一。《后汉书》中记载："瓒常与善射之士数十人，皆乘白马，以为左右翼，自号'白马义从'。"成为当时北方威震各部族的一支骑兵部队。

③ 慕容氏，北方少数民族鲜卑族贵族之一。族中男女多俊美，曾建立四大燕国。

曹霸向得杜公赞[①]，衔笔立意丹青篇。

画人先画胯下马，绘景先绘燕然山。

盘曲俊昂赛飞龙，鳞甲片片似紫癜。

丝绢皆难尽我意，还取河山照临轩。

关公酒，一叶之火足以温，虎豹投林骨无存。

枝将老，叶先红，世间罕有老来狂，使人思之欲断肠。

唯有停车坐爱忘，红叶婆娑天苍苍，明日之路觉悠长！

---

① 曹霸，唐代画家，擅画马。杜甫在《丹青引赠曹将军霸》中写道："斯须九重真龙出，一洗万古凡马空。"又在《韦讽录事宅观曹将军画马图》中写道："此皆骑战一敌万，缟素漠漠开风沙。其余七匹亦殊绝，迥若寒空动烟雪。"对其画艺极加称赞。

舟山跨海大桥赋

舟山跨海大桥由金塘、西堠门、桃夭门、响礁门、岑港等几座跨海大桥组成，蔚为壮观，故为之歌。

兹有金塘通海路，继有西堠慑穿波。

连溟苍苍纵余目，桃夭矫矫朝天歌。

世界伊谁天做主！浊浪洪涛分禹域。

秦皇奋起赶山鞭，欲拓海疆连苍梧。

苍梧断续空嗟叹，以为海外有仙山。

仙山渺渺孰能渡？徒失徐福三千童男女。

今有飞梁架沧海，五湖四礁失天阻。

巨足力踏鼋鼍背，钢索斜拉鲨鱼鳍。

大道不惧风浪急，谒佛①何必赴西极。

朝之为朝暮为暮，朝朝暮暮是归期。

来时分水如犀兽，去时劈波赛乌骓。

曲来折去无穷尽，挂到天边伴鸥飞。

---

① 舟山跨海大桥直达观世音菩萨道场普陀山，每年通过跨海大桥去朝拜的人络绎不绝。

高铁北上行

千里冷暖何时知？金梭银龙竞驱驰。

弦下滴落楚江水，牛角挂书①京门西。

交河捷如虹霓飞，疾影化箭割鱼鳍。

分湖颠荡太阿光，穿山吞吐蛟龙息。

空山寂寂闻奔雷，声若霹雳惊鹿麋。

遇城往往民生事，开原纵横展天机。

不须轻身学琅琊，何惧大宛试高低。

凭此神骏游四海，我辈正可任东西。

---

① 李密素有大志。一次骑牛出门办事，就在牛角上挂了一套
《汉书》，拿起一本边走边看，十分专心。此景恰被杨素所见，"牛
角挂书"一事遂得流传。

远眺长江杂兴（十一首）

一

赫赫铁甲舰，屹立如琅琊。

涛中若礁屿，天边似蒹葭。

停云歇金乌，落帆泊铁甲。

刹那凝江海，永夜驻芳华。

二

斯哉诚伟力，鲸舟巍巍然。

彩矶堆滟滪，牛渚泊江南。

孤屿削绝壁，洪波卷安澜。

龙骨砌干城，乌首触云帆。

三

渔家百丈竿，一钓一千钧。

或为虾先锋，或为蟹将军。

布网罗鲲鹏，落罾捉兽禽。

渔樵好作乐，堪灭龙宫兵。

四

昔日长林赋，绿柳莺歌语。

今日流水文，弓弦逐飞鱼。

赏花花可摘，狩鱼鱼可取。

鱼啼花亦啼，相恨遭不虞。

五

桃花三月涨，霞客誓远征。

溯源赴金沙，倚舷过江陵。

岂闻巫山猿，声声悲莫名。

慈母家中念，痴儿重横行。

六

丰都遭幽雾，鬼渊埋骸骨。

一江春流水，顷为横江怒。

摇浪动心魄，聚风击章鼓。

千年冤不沉，趁时来吞吐。

七

吴梁朽飞燕，塞翁失惊马。

凝冰似流沙，落雪不成画。

只渡越人舟，不渡交河甲。

善水虽为善，称臣耻自夸。

八

览江自照临，踯躅在我心。

粼粼波光里，白银与黄金。

千里求富贵，万里悲古今。

贫贱一如水，空付日月情。

九

粼光带金甲，碧波分秋月。

乘风起松雷，拍岸落春雪。

势随霸王生，声奏秦王乐。

流波三千里，真如心头血！

十

辟疆分禹域，破山遣蛟龙。

云暗连大荒，天清混海同。

西触巫山云，东抵龙王宫。

举帆济沧海，一苇抵天穹。

十一

罗燕营中堂，嘈嘈喧春光。

造渊育鲲鹏，慨然养浩荡。

持觞恣欢谑，解忧多彷徨。

日月朝夕短，无限水流长。

乡下曲

黄花春风万顷开，野水通河鱼自来。

有酒无酒先捉鸡，荠菜虽老蒜生薹。

乡野俚曲

家近坟茔三五米，院外松柏乌常栖。

风来不问人或鬼，耕田忽觉日朝西。

枕间青缡粘秕谷，架上蓬尘惹新衣。

猪羊出舍寻野草，青冢坟头唤野鸡。

夏日乡夜星空怀想（十二首）

一

皇皇昊天上，黑白居中执。

抟石飞阳鸟，撒豆落玉池。

二

掷石演天运，疏密自有心。

涤荡去尘翳，始为象无形。

三

精卫勇无俦，竟夜不眠休。

衔石已兆亿，天池水悠悠。

四

银河不用钱，难浇半亩田。

乡农不识数，何必问星图。

五

日落繁星簇，鸡鸣稀渺渺。

不鸣亦不落，夜半何知晓？

六

寂寂白纱帐，孔孔漏星光。

长长槐木凳，夜夜坐清凉。

七

何处虫声密？村口榆树堤。

日白落榆钱，星暗鸣促织。

八

天河太清寥，不生鲤鱼①草。

----

① 在纸张出现以前，古人书信多写在白色丝绢上，为使传递过程中不致损毁，古人常把书信夹在两片竹木简中，简多刻成鱼形，故将书信称为"双鲤"。其典最早出自汉乐府诗《饮马长城窟行》："客从远方来，遗我双鲤鱼。呼儿烹鲤鱼，中有尺素书。长跪读素书，书中竟何如？上言加餐食，下言长相忆。"

若生鲤鱼草，何用期鹊桥！

九

日光炙肤肌，星芒落蒺藜。
青蒿待宵露，沙沙风不急。

十

灼灼日之华，劳人永无涯。
熠熠星之辉，催我早归家。

十一

浩浩星曳尾，时时有人归。
见星益思人，残痕漫天飞。

十二

何为动涟漪？流星曳长空。
高丘列青冢，其中有亲朋。

芦花鸡（二首）

一

金冠芦花鸡，探爪向草深。

喜食荞麦籽，尤爱蛇虫身。

家饵皆糟糠，主人出蓬门。

夜来归圈舍，白日尽放生。

华羽映碧草，雄颈发豪声。

人来且不避，转睛欲辨人。

主人好留客，顷作盘中珍。

二

家在东墙青砖下，巢在西厢掩芦花。

巢中鸡子十数枚，明日鸡雏鸣呷呷。

不愿鸡子空许人，愿携儿女来归家。

离乡别曲

离乡十载，树未成林。

止有一庐，墙已南倾。

大人远游，举目无亲。

乡人问余，徘徊中庭。

世事悠悠欲洞明

春秋

大江悲乎不断流，雷云奔兮永无休。

空悬日月搔白首，总有悲欢是春秋。

杂感（二首）

一

几日烟雨渡江南，半生寄寓半生闲。

逢人欲说江淮事，当年江淮一少年。

二

怜罢西风怜东风，莺声燕影杜鹃红。

欲跨的卢①追红日，无非少年强挽弓。

---

① 的卢，古代名马的名称。

刈草歌（二首）

一

一日刈去留清香，他人谓我换新装。

两日风来泪痕干，零落小径独蹒跚。

三日云开骄阳炙，纤发毫毛皆染赤。

四日草浅露促织，纺娘穷蹇奔东西。

五日唯有根入地，豚鸡牛羊无所欺。

六日龙腾海云气，险死还生雨中泣。

七日新芽迎风立，秽叶残芜犹参差。

八日绰绰霞披肩，小姑新娘初绞面。

九日飐飐乘骀荡，不觉萋萋又成行。

二

萋萋园中草，刈去无光辉。

清香半淹留，余烬终成灰。

百日凋枯死，不如今日归。

折茎承霜露，子其踏歌微。

新月歌

出征两三日，已据巫山头。

金匕断归雁，银轮踏江流。

云霓炼青铜，昆仑磨吴钩。

宝刃赠少年，相期览九州。

细月歌

我见细月颇不喜，徒似妇人蹙眉头。

枕边虽无隔夜酒，苍天何来万古愁？

杞人焚心忧天下，月华婉转照九州。

欲与尔共濯清流，且待弯月成吴钩。

春月歌

　　阳春三月，天气晴朗，夜晚皓月当空，银辉皎皎，令人心醉。

　　尔之思来三万岁，又与春花两忘归。

　　时时欲借山鸟啼，足下如今识得谁？

　　仰月狂书十万行，吟得古人皆成灰。

　　身轻似饮青梅酒，意舒恰如鸳鸯飞。

明月歌

明月有时圆，照我万事难周全。

明月有时缺，照我华发白如雪。

能使玉璧买我穷，能执吴钩断我忧。

能烙胡饼饱我腹，能洗双耳濯清流。

能掷铜钱博一快，能贪风凉浣吴绸。

明月时时称我意，我视浮云如仇雠。

长安浮云多寂寞，洛川玉树攀高楼。

宝镜千里传眉目，鸿运万古皆悠悠。

我知明月爱大海，鲛珠离离鲸伏波。

曲水盈盈无穷尽，天河邈邈讴清歌。

我知明月向高冈，排空巍巍照大荒。

朔风寒气多凛冽，兆亿生民齐苍凉。

某年某月某日夜，我上东山观月亭。

东山不高高过城，东山不远少人行。

东山本有樟与槐，萋萋芳草奉玉蘅。

明月一时来顾我，我得明月如永生。

欲持宝玉馈亲朋，烛照我庐燃明灯。

月下曲

古月斑斓古城秋，丹桂弥香满金瓯。

举头不识李白诗，忘归反悟辋川①愁。

李白写诗欲济世，事有不谐仗剑游。

于今为文了了耳，他愁不顾自解忧。

世人弃诗如草芥，李白复生徒奈何！

酒既难在花下饮，诗竟不能当众歌。

沉吟月色古今异，不解风情照秋波。

心下戚戚河梁②意，惊觉风霜似刀割。

---

① 辋川，这里指《辋川集》，王维的山水诗集名。

② 河梁，桥梁，常用来代指送别之地。

观山水画《万里浮云卷碧山》

李白《答王十二寒夜独酌有怀》诗中有"万里浮云卷碧山，青天中道流孤月"之句。后人多以"万里浮云卷碧山"为题作画。某日偶观一幅，忽有所得，乃记之。

世人常以山入画，凌岩崚嶒天摧拔。

曲奇百折为龟蛇，龙吟虎啸若奔马。

深篁偶尔埋幽径，草庐独被狂风斜。

凤鸟迎阳啼春归，涧水潺溪淌流花。

山下范蠡扁舟小，山上越萝蔓天涯。

岂知画成觉山远，当是乾坤宜自华。

张旭意，道子风，刘伶醉处可为家。

若我难悟山水意，焉得山花向我发？

少年乐

少年初识填词乐，一日三顾园中花。

安知马蹄伤花骨，只愿花随心意发。

娇蕊不待刘郎来，徒令绿萼青眼加。

几行丝柳拂春波，菖蒲参差出水洼。

一树桃花绽双色，两只黄莺争枝丫。

踌躇心中何所好，匆匆韵脚乱如麻。

忧歌行

壮岁忧怀多事秋，轻薄名声入清流。

胡吟马前月光诗，就手蜃海欲封侯。

时来运剑清光满，势到拈弓杀敌酋。

书生一梦十国灭，不甘老作一沙鸥。

诗人小记（二首）

一

诗人非圣人，纵情爱欢游。

刘伶饮酒死，柳永宿青楼。

随心率且真，所以恋山丘。

啜食有玉英，行止专自由。

志趣本冲淡，但困杞人忧。

忧既不能解，流觞祷金瓯。

闲人读野史，白非良家子。

仙剑驭飞龙，神光殆天启。

可怜杜先生，丧乱侵白头。

妻子不自保，笔下一何求！

二

平生端谨不成文，下笔每每恣所欢。

检阅人间三千事，一件与君说半年。

青莲居士行歌

李白号青莲居士，观其一生，在赞叹其诗作的同时，也不免颇多感慨，故为之歌。

赤兔马，双股剑，市酒不值搔头簪。

欲置酒钱杀楼烦，货难与人空手还。

结客少年行燕赵，纵横胡骑一敌万！

少陵①留我醍醐饮，仲武②与我把酒欢。

世人皆传善酒名，有酒无功心愈惭。

千杯难引刘伶醉，一诗足能震霄汉。

贺老仙子俱殷勤，平生得以睹天颜。

天颜虽近心实远，茕茕一身下江南。

上天台，过蜀道，越天姥，赴天山。

世间之美无不以我咏为荣，

世间之险莫不以我失为憾。

---

① 杜甫曾居长安少陵原，故自称少陵野老。

② 高适，字达夫，又字仲武。唐天宝三载（744）秋天，李白与杜甫、高适一起出游汴梁之地，留下了《梁园吟》等诸多著名诗篇。

三山五岳纵天马，潇湘江河渡飞雁。

唯有长安去不得，红墙绿柳泮水蓝。

壮士不能建功业，唯向莲池濯清涟：

暑盛荷益壮，身雄气尤烈，岁岁发青蔓，袅娜白云间。

属镂剑残吴宫颓，子胥何不闭眼眠？[①]

千秋功业不如西子湖畔一青莲！

[①] 伍子胥原为楚国贵族，因父兄为楚王所杀而逃奔吴国，辅佐吴王西破强楚，北败徐、鲁、齐，南败越国。因其一再劝吴王杀越王勾践，而遭太宰伯嚭诋毁，被迫用吴王赐予的属镂剑自杀而亡。

夏夜怀旧（三首）

一

疏竹漏东月，青畦露蛙鸣。
当时淮上夜，几人扑流萤？

二

相交凭意气，相知贱金银。
江湖无豪客，四海晏且平。

三

不记有何言，只记有何人。
簟枕依明月，阑珊梦囵囵。

江边高楼赋

一日立于江阴黄山，见大江两岸高楼林立，有感而发，遂成此歌。

由来生得南柯梦，愿居绿水青山侧。

沧浪之水濯泥足，漱泉清风通淤耳。

忽见江边起高楼，雄城巍巍云断流。

列阙城垛叠玉关，霹雳雷电惊奔走。

推门即见峨眉顶，俯手捉得江海波。

于是丹丘赤松醉，五花跚蹰流花河。

始信他乡是仙乡，抚来一曲瑶台歌。

我观江水今悠悠，明日不知为谁愁。

赤壁山前数风流，锁喉塞上数炮口。

哪里顾得万世后，或唯此山仍不朽。

襄阳范氏歌

　　范雨素，湖北襄阳人，初中文化。长期在北京打工，后以一篇自传体小说《我是范雨素》，引发了社会对底层弱势群体生存状况的极大关注，故为之歌。

　　　　白日掩霞桑榆老，佳人五十始捉刀。

　　　　曾无玉肌生媚骨，焉得春风濯李桃。

　　　　襄阳铁马饲红薯，燕地风霜拭庖刀。

　　　　饱腹难得鲤鱼脍，皴肤谁施貂羊膏？

　　　　育儿何期清华府，弃夫何处埋蓬蒿。

　　　　转向尺牍字几行，岂敢日日呼与嚎。

　　　　不述风云述平生，穷途蹇运日相招。

　　　　大字磊磊如落石，可堪捶心问今朝。

　　　　小知闲闲似萍草，东风西风任尔抛。

　　　　自古襄阳闻堕泪①，何必添愁水滔滔。

---

　　① 堕泪，指堕泪碑，位于襄阳岘山，是当地百姓为怀念西晋著名政治家、军事家羊祜而建立的。在羊祜死后，每逢祭祀，周围的百姓都会祭拜他，睹碑生情，莫不流泪，羊祜的继任者、西晋名臣杜预因此把它称作堕泪碑。后代文人亦常以此为题引，悲怀古今。

范氏苦中发乐声，权当山翁①乐陶陶。

山翁酩酊不问事，当年天下似火烧。

---

① 山翁，"竹林七贤"山涛之子山简的别称。公元309年，西晋朝廷任命其为征南将军，出镇襄阳。其时四方流寇众多，战乱频起，社会仍未摆脱自东汉末年三国争战起的动荡局面。而山简驻守襄阳时，却生活得十分闲适，常常喝得酩酊大醉。李白《襄阳歌》中有："襄阳小儿齐拍手，拦街争唱白铜鞮。旁人借问笑何事，笑杀山翁醉似泥。"

观电影《芳华》后记

夜失零星月失光，小炉红茶微微凉。

欲向书中寻旧事，却向盏中浇愁肠。

旧牍每每锥心痛，新纸篇篇记轻狂。

愿有来生能奔月，愿回前世栖草堂。

愿为秋胡①两相忘，愿酬青山慨以慷。

起坐彷徨阑珊处，伊人歌舞在他乡。

---

① 秋胡，春秋时鲁国人。婚后五日即外出宦游，五载始归。回乡后，见路边采桑妇女颇有姿色，就上前调戏，被采桑女严词拒绝。回家后，才发现原来之前调戏过的那个采桑女就是他的妻子。妻子斥责他事母不孝，又好色淫逸，愤而投河死。事见汉刘向《列女传》。

妇人割秋草

近日看到一篇报道，一对年逾六旬的父母，靠每年泡在冰水中割芦苇攒钱，准备给孩子娶媳妇用。心里再一次为伟大无私的父母之爱所感动，故赋诗以记其事。

秋获萧瑟瑟，妇人割秋草。

刀向水中寒，身陷泥中沼。

推樯飞羽毛，挥刃断蓬蒿。

宿茎①刚难折，苦恨芦根老。

东宕水犹肥，西宕水渺渺。

野雀为尔驱，西风为尔扫。

荆衣抱衰茅，云车堆欲倒。

归来换金银，新妇颜色好。

---

① 多年生草本植物，称为"宿茎"。

南郭先生歌

赫赫南郭子，形肖神更肖。

欺人直以方，愚人酒中浇。

齐腮舞长眉，飞色染穹霄。

左倾悲三巴，右顾喜余姚。

凝丝系猿狖，抟柱倚虹桥。

俯身采苤苢，举袂攀桑条。

昂首决雌雄，蹈足顿蓬蒿。

吹笛羡南郭，声似众人高。

吹箫羡南郭，声微何渺渺。

弹弦思南郭，腴姿竞风骚。

调瑟思南郭，媚态益妖娆。

南郭厌穷苦，君王买逍遥。

何必真吹竽，去日路迢迢。

申浦捣衣歌

申浦溪边捣衣人，四十五十莫争春。

荷叶裁裙秋声老，渌水贴面鲤鱼纹。

里巷咸称善持家，约水半升煮云吞。

可恨工服油污重，常向溪边捣晨昏。

枹止响腾四五下，引来伙伴五六人。

昨夜谁家小儿啼，昨日谁家婆媳争。

无心漫应他人语，水落喧嚣溅珠玉。

申浦溪水清几许，秋莲白花浣衣女。

捣衣莫碍水中草，左摇右摆牵衣角。

申浦溪水浑复浑，皂角粉沫浮又沉。

捣衣莫厌水中藻，前驱后绕沾新袄。

申浦溪水水骨硬，浣得吴绸添几斤。

莫嫌浣衣衣不洁，当时长安万户声。

二十年后申浦溪，难觅一处捣衣情。

新安江畔钓鱼翁

屯溪新安江畔垂钓者甚众。因水尤清澈，鱼迹宛然，更有甚者，只携一网兜，见鱼则探水舀取，亦时有收获。唯一翁，自午至暮，未钓一鱼。人辄问之，略无羞意，泰然自若，故诗以记之。

新安江畔钓鱼翁，垂钩直向暮将穷。

欲钓青山山不就，欲钓白日日轮空。

绿波粼粼迁锦鲤，荇菜宛转尾鱼踪。

西来休宁齐云^①意，东去富春^②会海龙。

他人探问何所得？篓中唯有水淙淙。

---

① 休宁县齐云山，位于新安江的上游。

② 新安江与兰江汇合后河段称富春江，上起淳安县，下至富阳。

悼李咏

山未倾，水未竭，何时再换英雄帖？
萧瑟秋风扑枯蝶，蹒跚月轮冰热血。
来时匆匆无人觉，去时茫茫歌几阕？
阳关一日沙堆城，玉门千载云落雪。
半生化作千千结，
何处有相知？此时人暂别！

梦夜宿昆仑山下

夜枕寒冰看牵牛，天河浩浩万古秋。
摧拔昆仑倾作桥，不忍相思两处愁！

楚汉

项为垓下曲，刘赋大风歌。

两雄争天下，百万荷长戈。

彼可取而代，此能斩白蛇。

共逐不义秦，分兵宛与洛。

巨鹿破秦胆，局势转风车。

先机取关中，反成鸿门客。

谋臣谏以死，良将定风波。

子若韩信才，何愁无萧何。

齐魏旋踵亡，赵燕下囚车。

数战六国灭，谁能书与夺？

天下二三人，操决全在我。

岂意功成后，身死伏斧柯。

但从风云起，饮酒莫问赊。

西园诗钞（十首）

单位新设一劳动实践点，种植了丝瓜、苋菜、茄子、玉米等农作物。因其位于办公楼西侧空地，故谓之“西园”。众同事劳作其间，体验了劳动的艰辛，也感受到了收获的喜悦，咸与乐之，遂有咏之。

其一　苋菜歌

丁丁两叶草，伏地自坦然。
东风舒尔身，寒泉育其繁。
朝气摩肩顶，落晖施余岚。
足下白玉须，脉中紫朱丹。
日晷挽其志，月轮为所欢。
有以赠壮士，殷殷血如磐。

其二　番茄歌

茄苗初栽时，黄花已露尖。
以为蒂将坠，岂知守成丹。
顿作玲珑树，顷为玉瑚珊。

早慧惧夭亡，早熟惹飞鸢。

忧风吹落野，插枝留登攀。

红霞映江浦，紫火炙西园。

丹朱信可期，切切勿垂涎。

其三　倭瓜歌

初培数粒籽，几宿发新苗。

殷勤多顾视，折煞美人腰。

移时手颤颤，绿漪嫌吾老。

吾老未及老，倭瓜已成抱。

成则断藤茎，忍心奉厨庖。

拟作易牙①宴，剔丝同牲牢②。

未见丝之嫩，口中齿已摇。

奄有南山志，何处乐终朝！

----

① 易牙，春秋时负责为齐桓公烹饪的厨师。他对味道有惊人的鉴别力。某天，齐桓公对易牙开玩笑说未尝过人肉的味道。易牙听后，为表示自己对齐桓公的忠诚及满足其欲望，回家把自己的儿子杀死烹了献给齐桓公。

② 牲牢，指牲畜。郑玄笺："牛羊豕为牲，系养者曰牢。"

其四　西园横江歌

我所思兮横江波，横江不到空蹉跎。

非是西园催人老，怎敌秋风舞长戈。

葱韭隐隐摇青峰，夜虫喧喧唱星河。

将拟西园山河句，半架瓜藤满城郭。

其五　浩然歌

我有浩然气，布之于诸野。

依序写春秋，逢雨拔时节。

清芳涤乾坤，耿直表忠洁。

咫尺虽盈缩，安敢辞日月！

其六　耕耘歌

手招东南云，夜落零星雨。

初植几株苗，愿君多惜取。

久落未成泽，久涝甘图圄。

苗生赖君力，苗成覆我履。

其七　采收歌

摘瓜满盈筐，落荚仍成行。

本已时鲜物，更兼西园芳。

凯风舒阔叶，霖雨滋蔓长。

君自多勤勉，我当奉韶光。

其八　暂别田园歌

风雨鱼龙迹，寒暑霜露葭。

同到西园里，化作篱上花。

采采浣溪女，脉脉兰陵瓜。

欣欣同欢乐，依依别田家。

其九　田间问道歌

危崖生翠柏，骑虎弄松涛。

思远虑难深，汉广不容舠①。

---

　　① 舠，形如刀的小船。《诗经·卫风·河广》中有："谁谓河
广？曾不容刀。"意即："那么宽广的一条大河，却容不下像刀一样
狭小的船只。"

识稗①山涛术②，抱竹阳明道③。

我辈所能尔，仍恐西园凋。

其十　桑麻歌

良木飧④青牛，灵渠饮天马。

问之何所出，无非桑与麻。

海日图永新，玉璧咏光华。

由此重名声，西园日日夸。

---

① 稗，一年生草本植物，幼苗像稻，是稻田主要杂草。

② 山涛，字巨源。河内郡怀县人。西晋时期名士、政治家，"竹林七贤"之一。历任侍中、吏部尚书、太子少傅、左仆射等职，封新沓伯。他每选用官吏，皆先秉承晋武帝意旨，且亲作评论，时人称之为"山公启事"。

③ 王守仁，号阳明，明代著名的思想家、哲学家、书法家兼军事家、教育家，"心学"学派的集大成者。据传其被贬至贵州龙场当驿丞期间，曾"格"了七日七夜的竹子。

④ 飧，古人将晚饭称飧或食。

梦作摘星人

昨夜无梦，是为近日唯一好眠。无梦即好梦，故试作梦语，以逞胸臆尔。

梦作摘星人，十二重楼上。

罡风几万里，参差吹翅膀。

驱寒问斗牛，历险到参商。

琼宴餐角氐，解醒①就井张。

前年遇李白，仙人白发长。

念念姮娥影，去去莫能忘。

中道逢杜甫，不乐思岳阳。

星君羽人殿，旌旗摇潇湘。

轸翼照洪都，胆气为之壮。

落霞与孤鹜，思飞并两行。

汉璧蒙尘日，枭雄起路旁。

魏武临碣石，星辰引流觞。

瀚海卷沙石，猛虎为之伤。

---

① 醒，形容醉后神志不清。

高卧浮云外，大梦卧龙岗。

持剑割玉屑，磨砚著文章。

奇思任我出，喷薄同日光！

书与航者

金光照大江，碧潮启潇湘。

怀情饮瀛川，决死向汪洋。

深忧投弱水，展志过扶桑。

永世逐流水，多情必自伤。

铁甲今归来，一曲但引吭！

吴郡山中小儿歌

吴地青峰稀且少，凄凄白骨栖石巢。

筑墓愿期金光道，死后入山凭钱刀。

山南延绵茶园绿，山北油松任妖娆。

远村不闻鸡犬吠，近城无语听喧嚣。

山下年年打金谷，岭上夜夜收宝钞。

洛阳小儿乱拍手，北邙山中多王侯。

君不见伊水滔滔衔香沫，尽是乡人酹酒流。

见季子祠中有酣然入睡者

季子祠堂空复空，亭下有人梦周公。

心宽能枕古冢①眠，意惬管它日头红。

岿然不动玉山嵇②，宿醉难醒刘伶翁。

古之隐者无大事，唯有醉与非醉中。

敞襟何必东床婿，坦然笑称我自穷。

鼾声激荡回风壁，引来松涛阵阵风。

---

① 季子祠北有一墓，相传为季子埋骨之处。

② 嵇康，"竹林七贤"之一。其身形伟岸，每醉后，人称为玉山倾倒。

庚子年杂记（四首）

2020年初，新冠疫情来袭。面对这一近年来对人类威胁最大的沉痛灾难，众生百态纷纷呈现。其中勇敢逆行者，更当以诗记之。

一

江夏一片月，举世望成愁。

夜摇汉水波，日暮黄鹤楼。

二

日落岐山江汉原，楚江水流春去远。

若有人问庚子春，寒梅无语樱无言。

三

乌鹊南飞，绕枝而鸣。

白衣天使，为谁而行？

既为山岳，踏波伏瀛。

滔滔汉水，慷慨荆卿！

四

一江春水涌春雷，半天离火惊紫微。

犹记当年铁马事，襄阳竟又数重围。

闻道有所思篇（六首）

其一　思归隐

暮雨静尘埃，晨曦滋松苔。

莫从山下过，山上白云开。

其二　思光阴

世俗多环翠，道简在流水。

歌彻月光寒，心随露晞悲。

其三　思所好

诗堆半壁橱，灯展一室辉。

此处可安枕，何用白云飞。

其四　思故乡

念兹不在兹，空云问归期。

归期不可计，遂成笔下诗。

其五　思风波

无意致风波，始向风波看。

风波潮无定，潮头路漫漫。

其六　思春秋

月向柳梢明，景入石径深。

风过若行吟，雪落悄无声。

卜雨辞

引雨种田园，承恩少劳肩。

浇田无不匀，分润各相欢。

常恐雨不至，禾苗日枯干。

常患雨不止，流黄误换钱。

留赠山中扫落叶者

日日拂还拂，日日落又落。

拂来明镜石，落尽越人歌。

庚子病中书（十三首）

2020年于我是极不平凡的一年。这一年，我的身体经受了一次严峻的考验。在远离山水之约后，辗转求医之时，我花了更多时间来思考与总结人生。每每思之，皆有难抑之悲，故为是诗。

其一　太息何微微

厕身疾者中，昼夜闻呼痛。

仰卧不能寐，思我陵上松。

松柏郁森森，可否通鬼神？

鉴古犹未知，感同待灭身。

万事成一悲，千秋朽同灰。

蛇鼠无能止，太息何微微！

其二　池生七宝莲

张家港香山上有一藕香湖，相传宋代了凡师太所栽七色莲花，每年均开七七四十九朵莲花，故又名七宝莲池。

池生七宝莲，枝枝如仙草。

欲传仙人名，仙人已渺渺。

恐非有缘人，水浅莲叶小。

勒石成遗迹，寒亭傍春草。

春草或已芳，众花或纷扰。

素心待彩莲，何时昏与晓？

其三　风吹云落帽

风吹云落帽，雪断当阳桥。

竹杖敲白石，芒鞋湿林梢。

天姥差可睹，瀛洲勿久劳。

白云绕青峰，锦帆立江涛。

千古奇绝处，君与谁同袍？

凄凄如梦令，忆忆念奴娇。

其四　泰山石棱棱

泰山石棱棱，封禅焉足道。

齐鲁一时新，黄河水滔滔。

自古华岳险，只待王子乔。

高冈求远望，跬步陟杯胶。

渥洼^①水如神，饮之扬鬃毛。

却羡燕与雀，翅短亦能翔。

其五　碑古几不存

延陵季子祠前遗有石碑一处，上书"呜呼有吴延陵季子之墓"，传为孔子游历至此所书。

季子祠森森，无事少行人。

事远犹可追，碑古几不存。

呜呼延陵语，叹息何太深。

周遭游列国，不如归耕耘。

灭国当强横，济世却沉沦。

有子七十二，方得名俱闻。

其六　思新亦念旧

狡兔营土穴，寒鸟垒枯巢。

看我高楼上，当窗红日照。

一照锦云被，金线绿丝绦。

----

① 渥洼，水名。在今甘肃省瓜州县境，传说产神马之处。

长安居不易，似此可自豪。

惜我旧时居，长满蓬与蒿。

思新亦念旧，中心沸煎熬。

其七　只忆赤壁岩

海南儋州地，风浪大过天。

未闻东坡语，只忆赤壁岩。

心老何藉慰，身疲志难坚。

啖梅啖荔枝，更尝蒌蒿鲜。

松泉蒸鲈脍，炙肉勿多盐。

苟得饱口腹，夫复亦何言！

其八　情深一至此

绿寰堆云鬓，青峰簪罗髻。

两女赴水死，日夜绕九嶷。^①

---

①　娥皇、女英，是中国古代传说中帝尧的两个女儿，姐妹同嫁帝舜为妻。后舜至南方巡视，死于苍梧。二妃寻往，得知舜帝已死，埋在九嶷山下，抱竹痛哭，泪染青竹，泪尽而死。自秦汉时起，湘江之神湘君与湘夫人的爱情神话，被演绎成舜与娥皇、女英的传说。后世因附会称二女为"湘夫人"。

情深一至此，何事更嘘唏？

放翁①家祭日，杜甫草堂时。

楚魂②忠不灭，吴越③仇已息。

万事俱了了，始能约归期。

其九　案牍空劳神

坎坷长苦辛，案牍空劳神。

朝出月半弦，晚归日已沉。

沙数似筑昆，蚁字若聚蚊。

虚词应时景，曲意多媚闻。

昔有少陵客，亦追马尾尘④。

不合心中直，枉费千字文！

---

①　陆游，号放翁，《示儿》一诗为其绝笔诗，诗中写道："王师北定中原日，家祭无忘告乃翁。"

②　屈原在《九歌·国殇》中写道："身既死兮神以灵，子魂魄兮为鬼雄。"

③　春秋时期吴越争霸干戈不息。吴先胜越，后越王勾践卧薪尝胆，终灭吴。

④　唐代杜甫游历长安时，抑郁不得志。于是向朝中权贵们投刺献诗，希望得到重用。在其所写的《奉赠韦左丞丈二十二韵》中有"朝扣富儿门，暮随肥马尘"。

其十　时时梦黄粱

暑自槐花落，秋从稻先黄。

一岁复一岁，还留芬与芳。

芬芳难永驻，杂糅陈杜康。

久久留烂柯①，时时梦黄粱②。

牵机③糜百金，却擅断人肠。

酒亦断肠客，举樽莫悲伤。

其十一　万载何足道

既无海之阔，亦失江之涛。

潺潺滴细流，涓涓润芳草。

根深系云海，源远仰山高。

高树蔽幽暝，巨石横野桥。

---

①　南朝梁任昉《述异记》卷上："信安郡石室山，晋时王质伐木至，见童子数人棋而歌。质因听之。童子以一物与质，如枣核。质含之而不觉饥。俄顷，童子谓曰：'何不去？'质起，视斧柯烂尽。既归，无复时人。"后人遂以"烂柯"谓岁月流逝，人事变迁。

②　黄粱：即黄粱一梦，比喻虚幻不能实现的梦想。

③　牵机：南唐后主李煜降北宋后，因写下了千古传诵的《虞美人》，其中有"故国不堪回首月明中"之句，引得宋太宗大怒，赐其饮牵机之毒而亡。

亿年凝钟乳，万载何足道。

恰见桃花溪，一年春又到。

其十二　无言令名彰

神农尝百草，亦甘亦断肠。

合为千味药，煮为百沸汤。

疗身身尚可，疗心用何方？

人言亦百态，直欲捣心房。

自知不自知，阿谁是衷肠！

徐庶[①]进曹营，无言令名彰。

其十三　王嫱谁可依

几历凡间事，仍作花下痴。

秉烛照红装，艳艳丽人肌。

少年多金银，徒能买醉归。

羿王尚英武，嫦娥广寒飞。

若无单于王，王嫱谁可依？

莫弃蒲柳质，君本为布衣。

---

①　徐庶，字元直，颍川人。其先为刘备谋士，连出奇计，屡胜曹军。曹操深惮之，就利用其至孝天性，将徐庶的母亲抓来。徐庶迫不得已，归降了曹操，但其自归曹后，终其一生，未为曹操出谋划策。

乐
府
旧
题

郊 庙 歌 辞

日出入

日出扶桑东，日落将安穷！

君节七月里，我节八月中。

相去只三旬，天地竟不同。

黄绢折纸鹤，金箔化银龙。

欲以通幽冥，关山路重重。

天马歌

某夜研习乐府诗，读李白《天马歌》，恍然似有天马入梦，故作此诗。

天马驰骋乐向空，逾峻阪，过扶风。

甘泉宫中多美人，长信殿里老将穷。①

蓼洼之水焉足乐，垄头之曲鸣似虫。

我爱天马胜赤松②，恨不与君万古同！

天马天马今何在？天马助我行书空③。

我饰金鞍雕玉辔，安能引得天马顾。

莫如且为龙腾句，飒沓天马万里路。

世间若以贵贱论，天马秤象逊几重？

世间若以成败论，飞将白羽没石中。

---

① 甘泉宫、长信宫，皆为汉代宫殿，此句意为，即使那些富丽堂皇的皇家园林，也不能让天马像宫里的美人一样寂寞而终。

② 赤松，即赤松子，古代中国神话传说中的上古仙人。相传为神农时雨师。能入火自焚，随风雨而上下。

③ 书空，用手指在空中虚画字形，即指意识能天马行空、无羁无束。

鼓 吹 曲 辞

朱鹭

朱鹭黄山下，两两浮碧塘。

以为秋尚早，不觉毛色黄。

冶姿媚王孙，振羽水中央。

鸣声声历历，拨水水汤汤①。

看取金波里，相忆明月光。

明月合桂树，闲来思吴刚。

美人傍在侧，挥斧力自强。

---

① 汤汤（shāng），水流淌的样子。

将进酒（三首）

一

酒在手，杯停月，试看乾坤如一叶：

春来重重山叠山，岁去萧萧似飞雪。

相逢只愿少年时，少年心性向赤铁。

霍郎①十七我十六，臂挽飞轮转圆缺。

愿将青叶覆乾坤，轻许红花浇热血。

将进酒，尽余欢，清浊薄重皆在天。

---

① 霍郎，指霍去病，汉大将军卫青的外甥。随卫青出征匈奴，因功被汉武帝封为冠军侯，时年仅十七岁。

君不见槐安国①中无大事，蜗角蛮触②争喧喧。

一杯饮罢半生空，昨日之事抛鸿蒙。

函谷谁欲蹑青牛③？孟尝门下长铗公④。

二

见朋友圈中有人发夜排档豪饮照，一时兴起，遂作此诗。

鱼头煲，砂锅粥，人生失意又如何！

①　槐安国，唐李公佐所著《南柯太守传》中，记载了"南柯一梦"的故事。书生淳于棼倚槐树小憩，梦中来到槐安国，被封为南柯太守，并做了驸马。他把国家治理得很好。后来，檀萝国攻打南柯郡，淳于棼的军队输了，接着他的妻子也因重病死了。这一切不幸，让淳于棼不想在南柯郡继续住下去，就回到京城。可是，在京城里，有人在国王面前说淳于棼的坏话，国王没有查证，就把他的孩子抓起来，还把他送回原来的家乡。一离开槐安国，淳于棼就醒了，才知道原来这是一场梦。

②　蛮触之争，语出《庄子·则阳》："有国于蜗之左角者，曰触氏；有国于蜗之右角者，曰蛮氏。时相与争地而战，伏尸数万，逐北旬有五日而后反。"

③　传说函谷关关守尹喜某日见有紫气东来，以为定会有贵人来此。后来果然是老子骑青牛而来。尹喜拜而强留，老子于是写下了《道德经》，尹喜随之西去。

④　冯谖弹铗之事见《战国策·齐策四》。

一庐清风拿当酒，两行飞鸿予秋波。

青豆和盐煮，黄瓜拍蒜头，圃中尚有红萝卜。

未尝睢阳饥^①，不复子美忧^②，良世赠我一何多！

将进酒，恣所欢，南冥有鱼北冥捉。

西岳东岳解倒悬，登高亦如算登科。

三

五一与友偶聚，饮甚，故为是歌。

君既赠我琼浆饮，我当报以燕歌行。

羽调激激徵声悲，何必论及功与名。

白首犹作按剑人，未冷少年赤血情。

天下虎狼仍环伺，禹鼎域外波不平。

闻说星象动地貌，夜仰苍穹数大星。

将进酒，听我吟，时不利，雏悲鸣。

---

① 公元756年，张巡率七千余名大唐士兵坚守睢阳，与安禄山十余万大军相持十个月，城中饥甚，张巡杀了自己的小妾分给将士吃。至城破之日，累计食人三万，城中仅剩四百余人。

② 杜甫字子美，其一生忧国忧民，并在诗作中多有体现。在《茅屋为秋风所破歌》中，面对自家被风吹破的茅屋，还在想着："安得广厦千万间，大庇天下寒士俱欢颜！"

将进酒，杯莫停，今宵欢别君当行。

君不见天河迢迢三万里，泥沙处处筑芳汀。

愿来日，我为尘埃，君为风轻。

芳树

室有芝兰兮，心有灵犀。

庭有芳树兮，引为相知。

芳树·红豆篇

　　顾山红豆树，相传为南朝梁太子萧统手植，距今已有一千五百年左右。相传，昭明太子萧统来到顾山香山寺礼佛并编纂《昭明文选》期间，遇到了一位名叫慧如的女尼。两人谈论佛法甚欢。讵料慧如猝然病故。于是萧统在两人相识相谈之处，植下红豆树，以寄托哀思。

天监年中越溪畔，萧家宝树[①]植玉兰。

离离洒下梵天土，脉脉浇下灵山泉。

泉涌珠玑凝春叶，气化三清吐秋岚。

茎从绿岫珊瑚出，叶向青溟葳蕤暄。

既含睇兮亦含笑，若有眉目若似娇。

斯人植时花戴月，佳人来时语含俏。

---

　　① 宝树，东晋名臣谢安曾问子侄："为什么人们总希望自己的子弟好？"别的子侄都不能回答。只有谢玄回答："譬如芝兰玉树，欲使其生于庭阶耳。"意为有出息的后代像馥郁的芝兰和亭亭的玉树一样，既高洁又辉煌，长在自己家中能使门楣生辉。唐王勃《滕王阁序》："非谢家之宝树，接孟氏之芳邻。"后代指家族里有出息的美好少年。

湛湛千言般若①意，盈盈万语韦陀②道。

菩提心证兰若③寺，红鸾星④动彼岸潮。

时人不识桑贝叶⑤，徒奏桑间濮上⑥乐。

乐中管弦转清绝，佳人一夕化碧血。

扬思方远通幽冥，迁来芳树飞蝴蝶。

千羽万羽霏霏雪，卷卷《文选》皆婉约。

诗里蒹葭多苍苍，庭中芳树独孤子。

总拟细腰看袅袅，心向深处千千结。

斯人去后太清寒，冷月无声幽生玄。

萧梁已落堂前燕，唐宋亦是画中绢。

生子殷红如呕沥，当是坚心证舍利。

新苗还傍老根出，千载轮回是荼蘼。

---

① 般若：佛家用语，意思为辨识智慧。

② 韦陀：韦陀菩萨，相传为佛教中的护法神。

③ 兰若（rě）：佛教名词，原意是森林寂静之处，后指佛寺。

④ 红鸾星：中国神话中的吉星，主婚配等喜事。

⑤ 贝叶：写在贝树叶子上的经文称为贝叶经，源于古印度。贝叶经多为佛教经典，还有一部分为古印度梵文文献，具有极高的文物价值。

⑥ 桑间濮上：桑间在濮水之上，是古代卫国的地方。古指淫风。后也指男女幽会之地。

少年不晓前尘事，误认韩何连理枝①。

树下暗许同心愿，挂上红绸益参差。

萋萋树下当年情，千古悠悠日迟迟。

---

① 连理枝：事见《搜神记》。战国时，宋康王见舍人韩凭的妻子何氏貌美，就想把何氏霸占过来。韩凭夫妇因此双双殉情自杀。宋康王发怒，不让他们葬在一起，让他们的坟墓遥遥相望。后来，就有两棵梓树分别从两座坟墓的顶上长出来，十天之内就长得有一抱粗。两棵树树干弯曲，互相靠近，根在地下相交，树枝在上面交错，称为连理枝。又有一雌一雄两只鸳鸯，长时在树上栖息，早晚都不离开，交颈悲鸣，凄惨的声音令人感动。宋国人都为这叫声而悲哀，称这种树为"相思树"。

巫山高

数十年前，长江三峡大坝尚未建，余曾赴三峡游历，奇绝壮丽，至今难忘，故赋诗以记之。

巴人日夜凿蜀道，欲通海外求天宝，

以为天下之大焉能羁飞鸟。

鲛人掩泪泣东海之深渊，

白猿捧木悲巫山之峻高！

荒百里之人烟，目云梦兮渺渺。

营万古之秋林，藏赤虎与文豹。

挟天地之云涛，加雷电兮怒潮。

立千山之锋刃，剖人面如切削。

挟川流于羊肠，布暗礁以汤汤。

滞予舟于湍流，释予舟于指掌。

拔荇菜于毫末，冲巨石于扶桑。

呜呼！此景诚可动心魄，巴人之功不可忘！

相 和 歌 辞

江南（三首）

一

江南多莲塘，却无采莲人。

莲影摇天光，莲歌不得闻。

野鱼戏莲间，荒蒲杂莲生。

二

江南观荷处，朱栏倚玉树。

荷花与人红，荷叶与人舞。

不劳低飞燕，翩翩来叮嘱。

三

江南莲叶高，将及美人腰。

红袖与碧裙，分外两妖娆。

清风致我意，愿结永世好。

江南（又三首）

一

江南暑日高，如悬三尺刀。

烈焰焚四海，吹颈竖毫毛。

斫木木枯槁，斫稻稻垂腰。

二

江南多云气，拂月绕桂枝。

飞梭裁锦絮，沉璧破瑶池。

何时落青岭？淙淙浣花溪。

三

江南多杨柳，秋来未衰朽。

含霜开朝晖，冲风拂星斗。

愿酬君子意，岁末犹相守。

清 商 曲 辞

子夜四时歌（四首）

春歌

江南三月晴恨少，烟雨迷离春愈俏。
荷伞看花衣履湿，笑煞玉兰嫌人老。

夏歌

添油添酒添葱白，咸炒萝卜辣炒菜。
烈火香油烹百蔬，煮鱼煮虾煮四海。

秋歌

清辉玉臂相邀归，十月罗裙任翻飞。
隔年寒衣犹未取，徒令秋风夜夜吹。

冬歌

吴盐胜雪雪如棉，拣轻拈重絮小园。
雪泥将将没鸿爪，儿童欣欣赛过年。

子夜四时歌·冬歌（五首）

一

朔风摧星阵，严寒冻石头。

天地同萧瑟，谁肯通牵牛？

二

盈盈池中水，凝冰滞不流。

何事羁縻我？他日复自由！

三

锦鲤食寒冰，冬虫饮白雪。

自有清甘处，入喉烧似铁。

四

白霜日相见，白雪偶相逢。

相逢恋白雪，始觉白霜浓。

五

左岸覆白芷，右岸被芦荻。

汤汤不见水，茫茫何所期？

莫愁曲（四首）

一

莫愁春无华，黄檗①发绿芽。

犍牛耕良田，野草傍山花。

二

莫愁夏时燠，苎麻纺白袍。

蚊虻纷扰扰，蒲扇夜夜摇。

三

莫愁秋无实，闲来剥莲子。

莲子甘又苦，虽苦亦填饥。

四

莫愁冬无寒，与谁论比干？

若闻桀纣语，剖心来相见。

---

① 黄檗，落叶乔木，树皮淡灰色，羽状复叶，小叶卵形或卵状披针形，花小，黄绿色，果实黑色。木材坚硬，木纹美观，用来做家具等，茎可制黄色染料。树皮和果实可入药。

拔蒲行

忽忆小时拔蒲驱蚊蝇之事，颇觉温馨，宛如昨日。

绿风吹淇奥[①]，河下拔蒲行。

一拔岸边蒲，再拔蒲中茎。

蒲成无芯蒲，儿是赤子心。

拔来燃烟火，烟火不驱蝇。

蒲芯难堪用，蒲叶尚青青。

---

① 淇奥（yù），源自诗经《国风·卫风·淇奥》。淇：淇水，源出河南林县，东经淇县流入卫河。奥：水边弯曲的地方。

采莲曲（二首）

一

采莲刘家姝，采莲李家女。
今朝同采莲，他朝各相属。

二

六月摘莲花，七月剥莲子。
频伤不自馁，十月奉藕枝。

琴曲歌辞

霹雳引（三首）

一

惊闻山倒海为崩，剑光霍霍乱生风。

一宿尽放响羽箭，杀人弃之渊薮中。

二

东风欲造满城秋，青虹吞吐断高楼。

奇云叠嶂覆吴越，蛮雨夜来一江收。

三

换来韶光须臾明，夜静忽闻一声惊。

何事足下汹汹意？为有人间事不平。

垓下歌

彼黍离离原如盖，彼乔簇簇隈皋台。

闻知垓下心意动，项王何处留气概？

浅溪丝缕织阡陌，牛羊散落晚霞来。

麦秀三分燔清香，屋舍几家野田外。

壮士含悲魂归处，农夫犁田陈与蔡①。

古来战场硝烟尽，勿论英雄衰且败。

---

① 陈与蔡：春秋时两个较弱小的诸侯国。陈国都城宛丘，所辖大致是今天的河南东部区域；蔡国建都于蔡，其所辖区域在今天豫皖交界之处。

思归引

大道之南上青天，大道之北渡黄河。

大道之西参庐岳，大道之东抚鲸波。

君不见古来车马皆辚辚，黄金扬尘挣浮名。

苏秦往来燕与赵，张仪奔走楚与秦。

君不见古来行道多困苦，颠簸踬蹈食黄土。

夫子停轼围陈蔡①，晋文困顿歇五鹿②。

远行不易犹远行，故园还念故人情。

君家白茶将将熟，君家梅酒清复清。

思归思归心若飞，几时寒鸦旧巢归?

落叶长林千里道，细枝拂云霜露垂。

云烟漠漠野田黄，驿路迢迢驽马悲。

西山既已坠金乌，东山又升新月眉。

---

① 孔子周游列国时，曾经在陈国与蔡国交界的地方受困七日，饥饿无食。

② 晋文公重耳当初逃出晋国后，一路辗转，狼狈不堪，在五鹿这个地方向农夫乞食。农夫就抓起一把土送给他。跟随他一起出逃的狐偃劝他接受这代表天下根本的土（地）。于是重耳就下车恭恭敬敬地接过了农夫手上的泥土。

游春辞（四首）

一

春草如绣珠，鸟啄啄破土。
春水如渥洼，争饮奔天马。

二

寒雨沥寒林，梅花肇花期。
绿水犹涩手，浣花莫浣衣。

三

贮水满南湖，只需一程雨。
浇地耕北坡，还待布谷曲。

四

花满前溪瘦，叶盛后山肥。
雨急水见深，蒲密虫不飞。

宛转歌（二首）

初春时节欲外出寻梅，几度皆为雨所阻，故为是歌。

一

今日雨，昨日雨，尽是巫山戏神女。

探得梅花生烟渚，频频欲传芳菲语。

云里丝，玉中羽，波中香消色将沮。

绵绵雨帘遮千古，柳烟细细吟何曲？

花晴欲暖探花人，天寒又添云几许。

歌宛转，宛转情有缺。

愿为日与月，守得旧时约。

二

朝熏城，夜浸户，沥沥春雨落重幕。

喈喈春鸟啼不住，花期约在旧时路。

旧时路，泥泞否？屐齿稍待风雨住。

歌宛转，宛转爱与怜。

猩猩绛唇咽清露，点点玉光焕新颜。

杂 曲 歌 辞

朗月行（二首）

一

朗月亮铮铮，瑶池无微尘。

散光凝微露，聚魄摄海魂。

天地何其大，天心何其真！

敞胸向明月，吐纳育昆仑。

二

谁能遮流光？唯余一片月。

对此冰心人，愿许三世约。

尘嚣惊飞鸿，酒红醉热血。

守夜徒漏沙，迁延蚀精铁。

侠客行

天下姓孔孟，诸事问刑名[1]。

五岳称泰斗，四海归瀛壶[2]。

脱剑横膝下，解醒太玄经[3]。

大雪纷飞夜，似有侠客行。

意甘不畏冷，酒热听鹿鸣[4]。

一毫轻万物，举世舞伶仃。

侠士承晶魄，猿公[5]隐其形。

---

① 刑名，古代指律法。

② 瀛壶，瀛洲，神话传说中的东海仙山。这里代指东海。

③ 《太玄经》，汉扬雄所著阐述老庄哲学的一本书。李白《侠客行》："谁能书阁下，白首太玄经。"意思是：谁能学扬雄那个儒生，终生在书阁里，头发白了，还在书写《太玄经》。

④ 《小雅·鹿鸣》是《诗经》的"四始"诗之一，是古人在宴会上所唱的歌。曹操《短歌行》中引用了"呦呦鹿鸣，食野之苹。我有嘉宾，鼓瑟吹笙"前四句，表达了渴求贤才的愿望。

⑤ 《吴越春秋》中记载："处女将北见于王，道逢一翁，自称曰袁公，问于处女：'吾闻子善剑，愿一见之。'女曰：'妾不敢有所隐，惟公试之。'于是袁公即杖箖箊竹，竹枝上颉桥，未堕地，女即捷末，袁公则飞上树，变为白猿。"后遂以"猿公"指剑术高明的隐者。

书影逐聂政①，字迹掩侯嬴②。

逐鹿射飞羽，御剑夸雕翎。

瞬息逾今古，交睫识信陵。

仇雠尽冬虫，霜刃照雪明。

域外暴未除，幽壑沟难平。

乘风骀无羁，踏雪逝旋冰。

不洒刀头血，谁见纵横情？

---

① 聂政，战国四大刺客之一，曾以白虹贯日之势刺杀韩相侠累。

② 侯嬴，魏国看门小吏，后向信陵君推荐了壮士朱亥，并献计窃虎符，营救赵国。

赋得自君之出矣

忽一日觉送刘生魂归普陀莲花洋已三载，故作。

自君之出矣，梅花报三春。

思君归东海，可逢海上人？

行路难

行路难，最难行路青云间！

上有摩天巨擎之威横，下临万丈不测之深渊。

前有湍流不定之风途，中存分崩离析之忧患。

乃知蜀相之难，秦相之奸，大国以付，何事万全！

循迹欲蹈旧窠，守正以图方圆。

专奇迅疾似雷电，杀气凛凛据崤函。

合则为雨潇湘夜，乱则为风摧丘峦。

贤者云端能举步，庸者折翼惧惊弦。

行路难，行路难，最难行路青云间。

周公吐哺王道远，^① 蜀相尽瘁难苟全。

墨翟焉能累活宋，^② 国灭何必责仲连^③。

---

① 周公旦为周武王的弟弟。周武王去世前，委托周公旦辅政周成王，引起了管叔、蔡叔、霍叔的不满，他们联合武庚发动叛乱。周公率师东征，平定了叛乱。周公辅佐成王，兢兢业业，留下了"一沐三捉发，一饭三吐哺"等故事。

② 春秋时楚欲攻宋，让公输盘打造攻城器械。墨翟闻讯后来到楚国，通过与公输盘较量攻防手段，迫使楚放弃了攻打宋国的打算。

③ 仲连，即鲁仲连，战国时齐人，著名的说客，常行走天下，以劝说各方停止争战为己任。

莫如深藏名与剑，子猷雪夜访桃源。^①

积庆余年能称善，度劫穷身心始安。

我辈勿须行青云，何惧一生皆平凡。

---

① 东晋王徽之，字子猷，性格洒脱放达，曾夜里乘船去探访名士戴安道。可是到了戴安道门前，没有进去，就原路返回了。旁人问他为什么不进去，他说："我本乘兴而来，可到了戴安道家门口时，我的兴致却已消失了，还去见戴安道干什么！"

近 代 曲 辞

浪淘沙（五首）

一

偃蹇中流泊舟处，亦是黄沙亦是家。

今年沙暖生鸬鹚，明年沙暖歌蒹葭。

二

胡杨道上特勒骠，瀚海长风吹黄沙。

今年吹尽凉州路，明年吹尽黄金甲。

三

长江口外流沙岛，莫道黄沙难为家。

今年流民割芦苇，明年流寇捕鱼虾。

四

千堆雪，万重浪，一粒黄沙水轻扬。

流罢赤壁泊牛渚，冲破夔石入鸡肠。

五

自古浮沉不由己，休怨沙洲唱田鸡。

唯有唤来明月夜，柳笛悠悠塞天地。

杂 歌 谣 辞

渔父歌（三首）

忽忆昔日村人夜间捕鱼场景，故试为歌。

一

稻花幽幽燔清芳，蒲艾亭亭水中央。
夜将半，月如霜，人影更比柳叶长。

二

两三星星东野坡，潜行匿迹到淮河。
岸边窟，龙王阁，君其切切避长蛇。

三

北渠初涨与岸齐，角笼暗暗布南溪。
竹簟片，羊肠丝，困住蛟龙泣鱼池。

丽人行

澄江古邑向阳桥，桥上佳人婷细腰。

罗裙曳曳缝星纹，长发垂垂束紫绡。

清街灯火缀流苏，绿波粼粼浮醪糟。

佳人玉手拢青丝，九月秋风夜来急。

拢罢取来象牙梳，象牙梳子白兮兮。

左梳惊鸟夜归林，右理云山凤还巢。

梳罢复取圆镜照，左右顾盼螓首摇。

伙伴揶揄伴当笑，镜中何人是同袍？

朝为越溪河畔草，暮作楚山神女娇。

圆镜梳子纳妆箧，犹似长吉备布囊。①

李贺屡有惊人句，佳人时时焕容光。

人生岂无在意事，莫待白首空叹亡。

---

① 据传唐代诗人李贺每次出门时，都要带一个布袋子。路上所见所闻偶有所得，就赶紧写下来，放到布袋子里，回来后再行整理，写成了一首首著名的诗歌。

新 乐 府 辞

横江词

一

澹澹水兮流为横江，

盈盈肌兮顷为浊浪！

二

日日身处沉沦中，千涛万浪挟征蓬。

但有一刻横江平，瑟瑟斜阳照飞鸿。

塞上曲（十一首）

立冬日再游长城杂兴。

一

雄关漫道肯登攀，铁甲铮铮今又还。

辞却卫玠[①]江南路，独擎苍鹰向云间。

二

坝上石棱冰作花，旄旌烈烈风吹筘。

慷慨意气当来此，漫游长城矜自夸。

三

燕山龙首东触云，盘旋欲向海东青。

试看吾辈逾昆仑，青云深处系红巾。

---

① 卫玠，东晋时著名的美男子。据传其从豫章郡来建康（今南京）时，路人争睹围观，令其本就疲弱的身体经受不了劳累，导致重病而亡。后用以形容某人过于柔弱。

四

画图轻许山海事，构堡始觉草木艰。

西作屏障北作藩，欲隔黄沙白云间。

五

菽麦莫种胡家田，牛羊莫噬汉家稻。

此心总为时所悖，岭上争战血染袍。

六

燕山秋色深几重，将军百战定边功。

累累白骨无人问，只问热血谁更红！

七

塞外秋草贴地黄，江南闺里机杼忙。

日断纨素三千匹，不敌云岭一夜霜。

八

绵绵红云连东畴，种得白骨无人收。

跨马犹忆赵将军，飞龙还侍公孙侯。①

九

虎踞龙盘视河洛，铁马几度踏中国。

赵家儿郎非好汉，年年纳来金与帛。②

十③

归绥军次虎山陂，铁岭横峰数重围。

大军引弓箭不发，只待塘沽断南归。

十一

绝塞卢龙赫赫名，烽燧未燃天亦清。

不闻刁斗击柝声，但歌中华一统情！

---

① 东汉末年，军阀混战，赵云受本郡推举，率领义从加入公孙瓒。

② 北宋建立后，因燕云十六州被辽占领，北宋与辽发生多次战争而不能取胜。于是签定了"澶渊之盟"，约定宋每年纳币与绢给辽，以保持两国的和平。

③ 平津战役中，中国人民解放军东北野战军和华北军区部队将国民党军傅作义集团抑留于北平、天津、张家口地区，隔断北平、天津、塘沽、唐山间的联系，方予以歼灭。